惠风·文学汇
（第二辑）

隐在绿野的传奇

"惠风·文学汇"丛书编委会 编

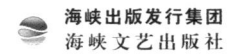

海峡出版发行集团
海峡文艺出版社

图书在版编目(CIP)数据

隐在绿野的传奇/"惠风·文学汇"丛书编委会编. —福州:海峡文艺出版社,2024.8
(惠风·文学汇)
ISBN 978-7-5550-3796-5

Ⅰ.I267

中国国家版本馆 CIP 数据核字第 2024MF3652 号

隐在绿野的传奇

"惠风·文学汇"丛书编委会　编

出 版 人	林　滨
责任编辑	朱墨山
出版发行	海峡文艺出版社
经　　销	福建新华发行(集团)有限责任公司
社　　址	福州市东水路 76 号 14 层
发 行 部	0591—87536797
印　　刷	上海盛通时代印刷有限公司
厂　　址	上海市金山工业区广业路 568 号
开　　本	889 毫米×1194 毫米　1/32
字　　数	120 千字
印　　张	8.25
版　　次	2024 年 8 月第 1 版
印　　次	2024 年 8 月第 1 次印刷
书　　号	ISBN 978-7-5550-3796-5
定　　价	58.00 元

如发现印装质量问题,请寄承印厂调换

目录

厚生丰民宜耕读／郑建光 …………… 1
桃花源里好耕田／钟红英 …………… 12
遗落在深山里的一颗明珠／颜全飚 …… 25
高山明珠——宝珠／刘光舟 ………… 29
金坑流光碎影／马星辉 ……………… 35
红园—下山的古朴韵致／黄月慧 …… 42
大象郑魏／黄明和 …………………… 49
君子之乡／冰灵 ……………………… 53
琅嬛福地话洞宫／李家宁 …………… 61
坂头丽影／李嘉宁 …………………… 67
青口寻古／潇潇 ……………………… 71
古井·古桥·古道／阮道明 ………… 78
石井观潮／洪少霖 …………………… 90
石井：郑成功故里／郑剑文 ………… 100
贡川的建筑文化／朱昌颜 …………… 111

古韵悠悠话贡川 / 火山……………… 116

适中，中国的适中 / 邱德昌………… 120

走读旗人八卦村 / 李建珍…………… 129

钟腾村掠影 / 于燕青………………… 134

田螺坑村探访 / 谢华章……………… 141

竹篾人生 / 阮兆菁…………………… 151

您好，闽东 / 陈元邦………………… 159

一座山有它自己的逻辑结构 / 汤养宗……

………………………………………… 166

花桥故里 / 阮以敏…………………… 173

天造古陆在此间 / 黄河清…………… 181

本色鲤鱼溪 / 魏爱花………………… 190

三颗龙眼 / 陈巧珠…………………… 197

随感二则 / 许陈颖…………………… 207

风信子的花语 / 彭小妮……………… 211

茶语 / 何焱红………………………… 214

禾溪 / 金丹丹………………………… 218

琵琶语 / 徐华丽……………………… 223

凉风有兴 / 邱灵……………………… 227

母亲的影子 / 吴江…………………… 235

缺憾的长度 / 钟成才………………… 246

野草之歌 / 唐戈……………………… 251

厚生丰民宜耕读

郑建光

尤溪县厚丰村原名厚宅,明朝起归属安福里十三都,民国时期改称厚泽,农业学大寨初期始用现名。村庄四周丘陵连绵起伏,钟灵毓秀,五条山脉若巨龙朝着村庄逶迤而行,于西北部状若五把金交椅呈弧形环列。村落民居分布有序,聚而不散,七座土丘如七星落洋,按北斗星阵势列张其中。山清水秀,风景殊胜,厚生丰民宜耕宜读。郑氏于明嘉靖初开基厚丰,直至中华人民共和国成立以后才有少数几户外姓迁居到此,如今全村人口中郑姓约占百分之七十五。

乡绅对一个村庄的影响不可低估,但郑氏族谱在破旧立新的年代被当成封建糟粕扔进火堆里了,所以旧时代的那些乡绅也仅仅留下一些模糊的影子。稍稍清晰一点的只有一位郑亦泉,因为他在民国初年当过福建省议员,有关他的记载还能找到片纸只字。更早的乡绅只能从老辈人口头中听到一言半语了。乡绅大多有钱又读过一些书，他们之所以能够得到村民的尊敬，也是因为他们确确实实做了一些公益性质的事情，如修桥铺路、济困助学等等。还有各地大量流传的"十景诗"大多也是由他们运作出笼。厚丰十景诗已散佚，如今能见到的唯有郑亦泉的《寒潭更鼓》一首，诗曰："夜深何处鼓频投？岂是儿童伐未休。莫谓山林无报晓，溪声也作当更筹。"前些年，郑氏修纂族谱，重新整出厚丰十景——五龙聚会、七星落洋、宝盆环翠、玉井流芳、二水翔鹭、双峰鸣钟、寒潭更鼓、廊桥晓月、将军护驾、蟒蛇戏蛙，并邀请当地名流或称当代乡绅为之赋诗礼赞。我的一位文友在《十景序诗》中写道："厚丰十景美名扬，书礼传家万代昌。七曜落洋钟磬响，五龙出海蟒蛙藏。宝盆环翠将军护，玉井流芳白鹭翔。更鼓寒潭催晓月，文章华国福绵长。"当然，这多是一些溢美之词，如同称厚丰村为"书林"，不过是美誉罢了。我在长篇散文《村庄辞典》的一个章节《书林》中这样描写：

> 厚丰村有一个雅号叫"书林"，不知是外人的褒奖，还是自我贴上的封号。没有看见村子里有"父子翰林""三代进士"之类的匾额，能够找到的文字记录表明，五百年的村庄历史只有三位进士，举人也不多，"书林"之誉让人有点晕……村子里倒是出了一些教师，教小学和中学的，不下二十人，加上旧社会几个口碑不错的私塾先生，他们穿越时空，手挽手艰难地支撑着几代人心中的"书林"这块巨匾。近年来村子中的大学生比起黄纸堆里记下的取得科举功名的人数多了几倍，博士、硕士也不是太稀罕的了。如果真有一块"书林"的匾，倒可以拿出来擦一擦，在村子里挂起来……

开篇对厚丰村地理形势的描绘，是基于五十年前的情景，历史步入人民公社时代，一切都在发生变化。如巨龙一般逶迤走向村庄的五条山脉，虽然没有被伤及筋骨，但也做不到毫发未损，人们为了"大炼钢铁"违背了"斧斤以时入山林"

的古训，肆意挥起利刃指向葱郁的林木，尤其是1966年开通公路以后，大批木头无休无止运出山，给村庄四周的山岭制造了一场又一场满目疮痍的悲剧。"北斗七星"点缀在水田阡陌之间，也被开垦成了农田，有的为公路让道被削去半边身体。最近十年，村庄四周的生态才得以恢复，久违的鸟鸣声重新唤起了山村应有的生机。

看似随意散落在村庄中的民居，除了部分建于清代，建筑时间大致可分为两个阶段，一是中华人民共和国成立以后至人民公社时期，全部都是歇山顶敞开式两层木构建筑；另一阶段是改革开放以后至新农村建设时期，大多为三层砖混结构建筑。

民国期间各地匪患蜂起，民不聊生，村子里没有出现新的建筑，人口也略有减少。一些人为了逃避抓丁拉夫，背井离乡，逃往闽北邵武、顺昌、建瓯、建阳等地定居。现在也很少有村民建新房，许多人跑到城市或者镇上买房了，常住人口只有三四百人。

村庄中清代以前的建筑大多为深宅大院，气

势恢宏。如今被列入全国重点文物保护单位的玉井坊是厚丰村最具有代表性的建筑之一。大型府邸在厚丰村有十来座,它们见证了一个时代的辉煌、一个家族的荣耀。但是,由于人们居住观念的改变,这种内部相对昏暗的高墙深户逐步被冷落。居住在玉井坊这样大型府邸里的家族较为庞大,房屋的产权也十分复杂,虽然子孙不再看好这样的建筑,但也没人敢打坏主意。而规模稍小些的建筑产权明晰,几家人一合计,一夜间就推倒建了新房。直到最近几年,人们才意识到老建筑的价值,只能徒劳地发出几声"可惜了,可惜了"的叹息声。

玉井坊也称郑氏大厝,建于清嘉庆初年,由一正厝、一扶厝、二壁舍、二厢房、三大厅、十八小厅、九过水亭、二后堂、四书斋、四钱库、四粮仓、二演武厅和若干工具房、地契库、卫生间等组成,计一百零八个房间。主体建筑为三进制悬山顶石木结构,正厝三层结构,高大雄伟,梁柱巨大,在福建省古民居中极为少见。正堂面阔五间,进深六柱。玉井坊主人郑济正是清乾隆年间贡生，如何发迹而建造了这座豪宅，无从考证。后人认为他是一位木材商人，但也仅仅是猜测，被烧毁的老族谱是否有记载不得而知。堂上高悬三方匾额："贻谋燕翼"是在玉井坊落成时，郑济正为其父所立；"五代同堂"和"操冷冰霜"分别是清咸丰五年和清道光十二年御赐。可惜这些匾额在"文革"时期被毁，现在所见均为仿制品。

我曾经以《玉井坊风华依旧》为题写过这座大宅院，发表在《福建乡土》2009年第1期，百度百科"尤溪郑氏大厝"条目中的描述均来自此文。下面是我这篇拙作的片段：

玉井坊屋脊鸱吻凌空，在天幕下傲视两百多来的风云变幻。近年按原貌恢复的一对十米高的石旗杆，矗立在门厅前空坪两侧，用今人的思维讲述老祖宗的荣耀，诠释古人的审美观和价值观。玉井坊在张扬古代建筑庄严和肃穆的同时，也没有忘记向人们适时展示她极具人性温馨和柔美的一面。走进玉井坊，首先映入眼帘的是洒满阳光的门庭。

门庭不在玉井坊的中轴线上,处于西南角,朝向也异于主体建筑,从建筑设计理念上营造阴阳媾和、刚柔互补、五行相生的理想人居环境,以祈财丁两旺、富贵双全之愿。门庭重脊悬山顶,三架梁,门框镶嵌对联,正面的外联是"五色凤毛新羽翼,百年龙马旧家声",向内的对联是"文章灿星斗,事业振乾坤"。照壁性质的南墙砌墙帽重脊,墙中央大书一个黑色"福"字,旁书一联"坐对贤人语,家藏太史书"。正堂三层东西花楼窗额上分别横书"文章华国""书礼传家"。内容虽说落俗,但明白晓畅,直截了当地反映出文明古国老百姓的生活态度,毫不掩饰地彰显主人的崇儒风尚和精神追求。清朝一些有钱人的功名,许多是花钱捐纳的,郑济正是乾隆朝贡生,从玉井坊联额诗词彩绘所传达的信息中揣摩,不敢肯定他一定是正途出身,但他对道德文章的尊崇,是没有理由怀疑的。进入门厅,是一块由两道舒展的内墙围成的半月形空坪,犹如一位慈祥的母亲站立在门厅中央，面向正厝，张开双臂拥抱二堂。森严的深宅大院，恰到好处地展露了母性的温情。天井采用石板条铺地，一层的大、小厅堂和走廊则由三合土夯铺，土丹施色，至今依然红亮油润，光可鉴人。墙壁以石灰粉刷，抹灰面薄如纸张，坚固异常，甚至连棱角还保持完整，如同新工……

但令人费解的是，玉井坊围墙接近门庭这一端高耸着一座炮楼，冰冷的阴影投在门庭前的空坪上，如同一块大大的伤疤。清嘉庆年间，人们还享受着康乾盛世带来的温暖，社会稳定，为什么要给民居附带盖一座碍眼的炮楼？仔细观察炮楼墙基大小不一的毛石，与围墙墙基规格划一的菱形石块明显不同，从这一点也可以判断，炮楼不是玉井坊同时期的建筑。再次凝视门庭旁的这座炮楼，一股彻骨的寒气在滋生蔓延，难道其中隐藏着什么秘密？

这里头的确有一段血淋淋的故事。

郑亦泉是个颇具才情的人，"丙午停科"前

夕蒙福建省学政推举以明经取士，辛亥革命后被选举为省议会议员。当选议员的次年冬天，他因为夫人临产从福州返乡，匪首阿诞探听到这一消息后，限令郑亦泉五天之内送"袁大头"三千块到匪窝。一天深夜匪徒包围了玉井坊，命郑亦泉如数交钱，否则，火烧玉井坊，血洗厚丰村。双方僵持到下半夜，郑亦泉掂量再三，为了保护祖宗的基业，为了黎民免遭涂炭，他孤身提着灯笼从玉井坊西侧小门走出来。匪兵高喊："把灯笼举高一点！"郑亦泉依言照办，灯光照亮了他大义凛然的面孔。谁能料到，当土匪阿诞确认他的身份后扣下了冰冷的扳机，郑亦泉一枪毙命。在动荡的年代，人们只有借助堡垒以求日子的安宁，这座炮楼就是那场血案之后的衍生物，但是，貌似固若金汤的高墙深户根本保护不了人们的安全。中华人民共和国成立之后，村子里新建的民居全部都是敞开式的。是啊，如果社会不安定，再高的围墙，再坚固的堡垒又能顶什么用？

厚丰所处的自然环境相对封闭，土地肥沃，为崇尚耕读传家的人们提供了得天独厚的条件。

村民们晴耕雨读，也敬奉各路神灵，村东头和村西头各有庙宇一座。"厚丰村口双峰并峙，壁立千仞，峻拔奇伟。双峰祖殿雄踞峰顶数百年，香火鼎盛。脚下清流激湍，头顶古木苍苍，钟鼓与拍岸水声交相辉映，森严肃穆。"这是《重建双峰祖殿记》中的一段话，也是十景中"双峰鸣钟"之所指。双峰祖殿主祀三圣君，即张公、连公、肖公三位人格神。村西头的永兴宫主祀白马尊王。《永兴宫碑记》曰："斯地山明水秀，古木参天，乃清幽致境。背倚崇山，逶迤排闼，蕴涵万象。近处山脊岩石裸裎若乌蟒，直达谷底，两眼逼视河畔石蛤，唯妙唯肖。夜闻激湍似更鼓，声达数里。尤为奇异者，头部石罅状如蛇口，俨然厅室，可容十数人，白马尊王庄严高踞，风雨无碍。"此即为十景之一的"蟒蛇戏蛙"。然而，神灵也阻止不了悲剧的发生，更改变不了时代的风云变幻。

这个在历史上曾经被誉为"书林"的村庄，长辈们常常教育子孙不可践踏地上的字纸，村中还立着惜字炉供焚化废弃的旧书报之用。但是，如此敬畏文化的一个传统村落,唯一的一所小学在前几年撤点并校后再也听不到孩子们朗朗的读书声了。许多从这所学校得到启蒙而走出山外的人,在厚丰村被列入第一批中国传统村落的那一年春节回来,首批捐款一百多万元设立共建家园基金会。那是承载多少人乡愁的地方,谁的心里能放下"书林"这块牌子啊!这也是一种乡绅情怀的体现,然而,要重建新语境下的乡绅精神,任重而道远。

桃花源里好耕田

钟红英

七月的闽地,夏意已浓。

走在大田县桃源镇通往东坂畲村弯曲的乡间小道上,四野见到最多的是松林、毛竹和高过人头的茅草。我问从浙江来的作家山哈,浙江的畲乡与福建的畲乡是否有些不一样呢?他几乎不假思索地告诉我,一样的翠绿毛竹、一样的参天树木、一样的土墙黑瓦——天下山哈是一家嘛,怎么可能会有区别呢?我会意一笑,不由侧脸看了看山哈,他正举着相机对准远处层层畲田里的玉米林。畲田之上,是福建典型的起伏连绵的山峦,松林茂密,山竹摇曳。这情景让我不由想起我们钟姓山哈人祖祖辈辈流传下来的"访祖认亲"的密语:

甲:"汝"字当做何解释?

乙:三点水是三男,"女"是一女。

甲：一根竹子劈几爿？

乙：三爿半。

甲：你们的祠头是什么？

乙：颍川。

甲：钟是什么钟？

乙：是金字旁，一边是"重"字。

大概在明清时期，作家山哈的先祖从畲族人口最密集的闽东一路往北"食尽一山则他徙"，最终在现今中国的青瓷之都、宝剑之邦龙泉定居了下来，到他这一代，已是第二十三代了。山哈原本姓钟，出于对本民族的热爱，他索性把畲族人自称的"山哈"拿了过来，作为自己的笔名，于是我眼前的这个来自浙江的钟姓山哈，来到东坂畲乡，私底下便有了些寻根访祖的意味了。当然事实上，我们这次的东坂之行，更多的是为这里独特的畲族文化气息所吸引。

这是一个古老而特殊的畲族村庄，有巫、熊、刘、黄、张等姓氏九百多人，其中巫姓畲族占了该村人口的一半以上。

村落的历史还得追溯到隋唐时期，那时由于

北方连年的战乱与灾荒，一拨又一拨的中原汉人不得不往南迁徙，逐渐散居在时人望而畏之的南方少数民族聚居区——广东与福建等地。大约在明嘉靖十三年，有一个巫姓男人从闽西汀州府的南阳镇，深一脚浅一脚走进了东坂这个小村子。那时候的东坂属于宁洋县，是一个远离中央政权，极为偏僻、落后的小山村。也许是村庄熟悉的泥土气息让巫姓男人有了回家的感觉，抑或是被这儿的文化氛围深深地感染了，他的内心深处感到了从未有过的宁静与安详，他停下了沉滞的脚步，依山简单搭了一间草寮便定居了下来，并在不久后娶了永安青水村的钟姓畲族女子为妻。巫姓男人是个典型的客家人，但他入乡随俗，竟依了畲族"女性为大"的传统，将儿孙的民族成分随了妻子，从此一代代繁衍下来。几百年过去，东坂这个原本为客家的小山村逐渐发展成全国独一无二的巫姓畲族村。

其实，在巫氏定居这个村庄前后，熊、刘、黄、张、林氏也陆陆续续搬迁到这里。其中熊姓家族，在巫氏到来之前，至少已经在这个村庄生活了一百年。他们的先祖来自道教昌盛的江西，除带来一身的仙道之气外，还带来一身的武艺。如今的东坂熊姓祠堂有一副对联："堂名龙源，溯祖德宗功作史西宾名第一；第号象形，这山屏水带卜居东坂号无双。"这不仅呼应了熊姓后人对先祖道法高深的推崇，还同时说明熊姓先祖一路打猎而来，因东坂上风上水之故而择居在这里。

说起来，东坂畲村算是一个较大的村落，从村头到村尾长达两千米，远远望去如一叶扁舟停靠在两岸绵延的大山里，一头顶在一顶山的西麓，另一头则通向八千米外的桃源镇。在交通已十分便捷的当下，到东坂畲村已不再是一件难事。事实上我们从福州到大田县桃源镇一路跑的都是高速公路，异常顺利；只是从桃源镇通往东坂畲村，让人感到遥远而乏力。一位熟悉该地的朋友告诉我们，这条乡间道路最宽处仅三点五米，恰可容一辆小车通过，且经常塌方、溜方。幸而一路上除我们外，再没有遇见别的车辆。

从村庄汩汩南流、清澈异常的小溪可以看

出，这是一个生态环境保持良好的村庄。村庄还有许多老式土屋，如散棋般撒落在田畴与山坳间。它们一律为单层土屋，墙面是棕褐色的夯土墙，下以卵石筑基，上盖青黑泥瓦，东一块，西一片，只一开间、二开间，或三开间依地势排开，既不同于闽西汉族乡村双层的黑瓦泥房，又与客家土楼有着天壤之别。如今，这样成片的老式民居在东坂畲村还遗存有许多，虽然只留下极少数的老人在这里看护，却堪为规模，实难得一见。

此时正值盛夏，老式土屋前前后后的稻田里，到处是新抽的稻穗，它们微微弯着腰身，迎来送往着徐徐的山风，一会儿轻轻地摆向东面，一会儿又轻轻地移向西头。有稻香混合着泥土清新的气息从不同方向汇聚过来，又飘散而去。这让我突然产生一种非常奇妙的感觉。就像多年前的一个夏日凌晨，我开着车奔驰在通往家乡久泰畲村的乡间公路上，当我摇落车窗，无意中闻到一股稻香扑鼻而来。那一刻，所有关于乡村美好记忆的闸门突然间打开来，这遗忘之后无意中再度拾捡起来的美好记忆令人心旌荡漾,仿佛第一次,我看到了畲乡大地真实的存在。

还有豌豆花,红的、紫的迎合着长长的田间小路恣意地生长。在田畴阡陌间,主人把我们迎进一幢大宅子。宅子的一半是新式的钢筋水泥楼房,搭建在大山的山坳处,其左右和前面却是一展平川的水稻田。见我们过来,站在走廊上的几个穿新式汉服的年轻人,远远地就与我们打起了招呼,一点儿不显生;另一个老年妇女则把我引到一个大水池旁,告诉我这都是从山上引下来的山泉水,冰凉冰凉的,"如果感觉暑气重,可以用手招点凉水,轻轻拍打颈背,一会儿就全消了"!我用普通话对她说"谢谢",她却用地道的客家话对我轻声说"不谢,不谢",就像小时候我的老祖母,慈爱,亲切。

从走廊径直往右,通过一个小小的门扉就进到了宅子的另一半老式土屋。土屋内有一个老式大灶台,与闽西客家人的大灶台毫无区别;三个中年妇女切的切、炒的炒,正热火朝天地为我们准备着丰盛的农家菜:南瓜、豆角、粉条、猪脚炖草根、兔肉煲凉茶……还有农家土制的米酒。我发现这里的饮食与临近的客家乡村已无太多的差异，尤其是善用中草药入菜，几乎与客家人毫无二致。

这样的老宅让我倍感惬意。土墙、瓦房、桌脚下三两只捡饭粒的小鸡、蜷在角落里打瞌睡的黑狗，以及穿堂而过的爽爽山风，都让我有一种时光倒流的感觉。我对村庄何以在现代化的进程中依然能够留下这么多古民居产生了浓厚的兴趣。主人告诉我说，他们真正有意识、有组织地去保护这些古建筑也就是近几年的事，因为之前畲民们都非常贫苦，根本无力去改善自己的居住环境，所以这些建筑都幸运地躲过了大拆大建。村干部意识到保护这些老式民居的重要性和迫切性，有意识地向上级积极争取政策、资金的扶持，并耐心引导村民新盖楼房，这样既保留下了这些古民居，同时也极大地改善了村民的生活居住环境。

土地庙是散落在乡间最为普遍的祭祀土地神的地方。畲族作为一个刀耕火种的山地少数民族，自然对能给予人五谷的土地保护神充满虔诚的信仰。每一个山哈便都有一个永恒的精神家园，牢牢地把他们的根抓住，纵是终生流徙他方，亦不会失去灵魂的安在。

东坂村的土地庙不像多数村庄只有一座，而是三座，像"磊"字形，十分简陋，立于树下或路旁的某一角，但当地山哈却从不因为它不起眼而在心里淡漠这些简陋的所在，不单逢年过节要来拜一拜，就是平日里肩扛锄头从门前经过，或挑山货赶往圩场的路上，也往往停下来，拜它三拜再继续赶路。

村里还有三座神殿：天闻殿、祖源殿和龙源宫，每一个神殿都有东坂村人最尊崇的保境安民的"民主公"。他实际施行着类似于土地公的神职，尊身却是族人中生前做过官或对地方有过特殊贡献的先人，也就是畲族的祖先神。村民们说，每年夏季，当田野里的艾草开满了鹅黄鹅黄的花儿，当山上的乌稔树长满一树一树脆生的绿叶，村里的巫、熊、刘三姓村民便会集中起来，择定吉时和吉地，分三个道场，将平日里供奉在庙里的菩萨请出来，供大家进香，求福还愿。

巫姓山哈一般把道场设在村子中央的那一棵千年水杉之下。水杉树高三十多米、树径两米多长，一直以来，它都是以"王"的形象矗立在东坂山哈的心里。到底始于何年这棵水杉便矗立在了这里？山哈嘴里不说，但在心里都默默指向那位从汀州府一路跋涉而来在东坂畲村开基立业的巫氏先祖。

7月14日，是山哈的吉祥日子。这时，遍地油菜花开了又开，金黄金黄铺满了整个村庄。这时，豌豆花也像一群紫的粉的蝴蝶，翩翩起舞在花香四溢的空气里。还有畲田里一树一树的玉米，在金灿灿的夏日阳光下骄傲地挺立它饱满胀裂的欲望。

就是在这样一个盛夏的清晨，巫氏族人开始了一年中最喜庆、最神秘、也最忙碌的一天。这天不论男男女女，都踩着田埂草丛中的晨露，陆续从山雾笼罩的老屋走出，把"民主公"请到神树之下，供族人们参拜祈祷。这时的山哈人，经过七天的吃素，无论精神，还是身体，都是素净的，充满着对神灵虔诚的敬畏。外出务工的青壮年都提前赶了回来，孩童们也收敛起了平日的调皮与捣蛋。他们跟随老人们的脚步，全都聚集在了这棵神树之下。他们看到，此时道场的正前方已经用三根带枝叶的新竹搭起了一座拱门，拱门顶上系有米筛、灯笼、旗幡和无数的彩带。离拱门数米之外，还有一个用篾条绑扎松明的柱体，高高地竖在大路边，正燃烧着，发出巨大的火光。此时，鞭炮齐鸣，锣鼓巨响，号角高扬，木鱼咚咚，神树之下，三个法师挥舞着各自手中的法器，时而点步，时而跳跃，时而退步，时而进步，又时而围着道场里外穿梭，既鼓动起一种庄严雄浑的气势，又无声地透露出一股神秘的气息。当在风中飘扬的彩带不知什么时候已缠绕在一起，并打成许许多多如旧时衣服上由布团做成的扣结的时候，山哈们都知道，神灵已经来到了这里，正认真地倾听每一位带有祈愿的山哈的诉求。

这样的道场每年都要做一次，东坂畲村的山哈相信，祖先神灵的到来，必将让山哈子孙平平安安，百事呈祥。他们也同样感恩从四面八方赶来观看给村庄带来喜庆热闹的人们，于是他们在法事结束后，纷纷从家里搬来方桌、挑来斋饭，在道场摆起了"百家宴"，主食有粽子、青草粿、米冻、糍粑、粉干等，菜有应季的竹笋、豆角、淮山、芋头、豆腐、木耳、黄花菜……这些都是清一色的素食。当法师往每桌洒上圣水之后，来客就可以开始自由品尝这些美食了。

这样的情景让我着迷。我是一个来自闽西的山哈，我的家乡早已难觅这样朴素的民间信仰仪式，现在却在东坂畲村找到了一种远古的精神皈依，它让我惊喜，亦让我感到亲切。

在村子的尽头，我们看到了安良堡。这是一座建于清嘉庆十五年，由一个叫熊坤生的道士花五年时间建造起来的土堡。土堡依山而建，占地面积达一千五百平方米，远远看去如一个不对称的梯形，一边稍圆，如右括号，一边稍正，如斜杠紧搭在前后屋脊上。主人告诉我们，先人之所以将它取名为"安良堡"，即是寓"安良除暴，平安如意"之意。

土堡背靠的这座大山叫虎山，山上松林茂

密，远远看去如一只伏虎蹲踞山头，雄视整座山庄！而土堡前，又有一条溪流自北向南复折西从堡脚流过，恰如一条蜿蜒的长龙游向村外，故土堡有了一道天然的护堡河涧。

踏上土堡前由粗糙卵石铺砌的台阶，放眼可见堡前一片田畴，视野开阔。土堡门前有两丘水田，呈太极形状。

古堡厚重的两扇大门也暗藏玄机。我是在当地村民的暗示下，首先注意到门上果然有许多小孔，这就是传说中堡内无处不在的为了防止盗匪火攻而特设的注水孔。轻轻地推一下左门，声如洪钟，又小心翼翼推一下右门，却音韵轻柔——原来，这两扇木门也是有公母之分的。

进得大门，但见土堡主体由前、后两座房屋组成，面阔三间，三进。墙基是如此斑驳，带着几百年来雨水剥蚀的残酷；石砌的台阶又是如此粗粝朴拙，游蛇似的往上通向楼体的过道。过道一边是一间连着一间的小小木屋，那拥挤的压迫感让我感觉似有一股气息来自几百年前某一次村民与土匪紧张的对峙。另一边是墙体，时不时有一束光线从墙外射进,正的,斜的,不规则散开的,从注水孔、弹孔和裂缝里打将过来,就像多少年前那场猛烈的腥风血雨,让人猝不及防。

就这样扶着墙体,我在稍显窘迫的通道里游走。曾经,这个通道蹲伏着许多神情紧张的村民山哈,他们身后的小木屋里正躲着自己最亲、最爱的妻儿老小,而墙堡外,却是叫嚣着要掠夺村庄的土匪。山哈像先祖忠勇王一样,精心地在自己心爱的弓弩上涂上毒药,嗖的射出箭矢,只不过这次对准的不是野兽,而是土匪。有一天,当由粟裕等率领的中国工农红军靠近村庄的时候,山哈们都惊慌失措地奔进土堡躲藏起来。然而透过通道内的射击孔往外看,他们吃惊地看到,这些"土匪"竟然把枪一架,背包一放,鞋子一脱,下田帮村民耘草去了。于是山哈们热情地把"土匪"请进了土堡,于是土堡成为红军宣传政策、保护少数民族利益的红色司令部。如今,我走在通道内,以一个山哈游客的身份,站立在了土堡通道的最高处,俯视堡内和堡外的一切,我看到——夏花绚烂,村庄静美。

遗落在深山里的一颗明珠

颜全飚

万宅村位于大田县广平镇西北部,始建于明嘉靖年间,是一座以余氏家族为主的血缘村落。这里历史悠久,人杰地灵,蕴含着丰厚的文化底蕴。村寨集古堡、古屋、古树、古洞、古寨址于一体。村寨周围群山环绕,内部流水潺潺。整个村寨规划布局合理,借山借水,精美秀丽,突显古人智慧。

立冬到来,万宅银杏群落迎来了一年里最美的时光,杏果熟落,满树金黄,如梦似幻,孩子们在树下嬉戏,老人们在休憩聊天。

村里的老人说,这银杏是元代官至奉政大夫的老祖宗余成观宦游山东时引种回来的,后来,有了苗木陪嫁的习俗。老银杏属于余家祖传的财产,人人有份,每一株归属几户主人管理。一株老银杏树每年可结四百斤左右的果,果子可入药，在物资匮乏年代，银杏树成为救命树。

万宅银杏群落历史悠久，是南方少有的银杏群落，树龄在两百年以上的有二十三株，其中被评为三明市首届树王的一株树龄达八百一十八年。

万宅绍恢堡，建筑宏大精美，结构保存完整，建于清道光年间，融居住与防御功能为一体，是一座府第式"五凤楼"民居，前方后圆，主体建筑中轴线分布，依次有外壕、堡墙、前天中、前堂、中天井、厢房、正堂、花台、两侧护厢、环墙廊房等。进入堡内，漫步在前庭后院，细品精美建筑布局，置身雕栏画栋，仿若穿越时光，曾经繁华浮现。

万宅沉积了不少历史，银杏群落后山顶上有一座旧寨址，传闻宋朝时有部分方腊义军流散到此地驻扎，村民称为"方腊寨"。山中还有十八洞，当年朱德率红军曾经驻扎于此，洞前山路艰险崎岖，风景奇峻，美不胜收。此外，始建于北宋的植福堂，内供奉有姜公真身舍利，水尾石拱廊桥也有千年历史，还有三座富有特色的清代古建筑——承振堂、太和堡和瑞祥堡。

万宅银杏群落相邻的就是元代郭居敬的出生地水城。郭居敬编著的《二十四孝》辑录古代二十四个孝子的故事，序而诗之，用训童蒙。该书成为元明清时期普及孝道的通俗读物，流传至日本、朝鲜、越南等国家。孝道文化一代代教育着万宅村民，他们至今"夜不闭户，路不拾遗"。当地流传着一种习俗，在住房的客厅左边挂"目怜栱"图，"目怜栱"是以《二十四孝》内容编成的顺口溜，配上韵律方言说唱，供人弘扬孝道。

万宅至今保持着独特的古代民俗，有吹唢呐、大腔戏、舞布狮等，此外村落从明代开始有崖葬习俗，现有遗址多处，存放先人遗骨的陶罐裸露在崖壁缝隙间……

大腔戏是万宅特有的剧种，是福建省最古老的汉族戏曲剧种，因"大嗓子唱高腔，大锣大鼓唱大戏"而得名。大腔戏保留了清晰的荆楚古音，被誉为"戏剧中的瑰宝"。万宅余氏族人会在迎神赛会、祭祖等节庆活动中演出大腔戏。

除了银杏群落,村中还有大片的香樟树林,树龄已达四百多年,仍然青春不老、枝繁叶茂,天气炎热的盛夏,许多村民来到树下消暑乘凉。

古老而美丽的广平万宅,这遗漏在深山里的一颗明珠,正迎来银杏成熟之季的锦绣异彩!

高山明珠——宝珠

刘光舟

千年古村宝珠,地处南平市延平区茫荡镇、茫荡山国家级自然保护区内,古树参天,风景秀丽,气候宜人,是养生、休闲胜地,被誉为"高山明珠"。古联曰:"宝华胜景无双地,珠树盈庭第一山。"

多年来,我不时小住宝珠村,对它的历史产生了浓厚的兴趣,大自然的山景、山色、山趣,深深地萌发出我的青山之恋。

走在山村的古道上,阵阵的香风,串串的野花,袅袅的烟雾。古厝、古树、古桥、古庙……在雾海中时隐时现,使宝珠的神话传说更加神秘了。

据载,宝珠历史上称宝龟山,卢氏为大姓。唐光启二年,河南光州车骑尉卢光,随光、寿二州太守王绪、王潮及王审知入闽,为镇闽将军。

其后裔卢甲元，于北宋大中祥符元年从延平南山迁徙宝龟山为开村始祖。民国以后宝龟山才改称宝珠山。

据《南平县志》载："宝龟山乡，或以山形名之，而不知实有一灵龟也。世传门前田，有灵龟上下无定处，人不能见，偶脚踏之，俨如活龟。用手捉之，居然石也。农民有踏之者必暴发数万家资，百数十年来悉数之，辄验不爽。"这即是宝龟山村名的由来。

宝珠村有古八景，第一景便称"灵龟吐雾"。古诗曰："幽幽灰峡一山浮，恰似灵龟镇上头。僻地有时清气吐，茫茫烟雾满荒丘。"走进宝珠时常会遇到"灵龟吐雾"的漫漫迷雾，从山峡里涌出，我仿佛置身在仙境，是神怡，是澄心，是陶然，是愉悦。

我从志书中还看到这样的记载："宝龟山，平田突出大山，宫而为山亘，仰观顺昌之八角岩，如天上碧城。三峰山，若海上神岛，可望不可即。"确实，当我站在宝珠村玉带湖畔，俯视富屯溪两岸的树林、村庄，远眺顺昌的大山，尽收眼底。"碧城"是道家称仙人所居之城,唐代诗人李商隐有一首碧城诗:"碧城十二曲阑干,犀辟尘埃玉辟寒。"传说去碧城的路只有尺许,连折十二层而上,高插云天,俯视山湾,万丈深渊。唐代"大历才子"之一的钱起也写有碧城诗:"三峰花畔碧堂悬,锦里真人比得仙。"这诗句俨如是为宝珠"三峰山,若海上神岛"而作。神岛也是神仙所住之岛。不论是碧城,或是神岛,宝珠山皆是远离尘嚣、清静深幽之处也。

宝珠望去有些旧,有"旧宅人何在,空门客自过"的感觉。旧,久也。《论语注疏》曰:"君不遗忘其故旧,故民德归厚不偷薄也。"当今的宝珠的背后,隐藏着明清时期的古厝,虽然破旧,但值得细细地品味。古代一把鲁班尺、一只墨斗,精造出华屋,令人钦佩不已。"别驾第"是宝珠的古厝之一,它是清正廉官卢家元的府第。卢家元有一副家联:"小口牧牛,读书出仕锦衣秀;壮年登第,治水倡廉忠节存。"卢家元在清乾隆年间中举,在湖北当了三十多年地方官,洁己爱民,勤慎清廉,百姓颂之,口碑载道。清道光年间，卢家元被派督修黄河水利工程。卢家元筑堤修坝，工程既快又好，节省资金万元，全数上缴。后来，卢家元得知上缴的钱，尽被瓜分，十分气愤，三上万言书，检举贪官。朝廷部议以"位卑言高，夺职问罪"。卢家元不仅没有告倒贪官，自己反而受到"出关"处分，下放到新疆。后来，道光皇帝发现卢家元是一个清官特赦了他，并升为宜昌知府。彼时卢家元已七十二岁高龄，辞官不就，告老返乡，从事教育事业，在宝珠办学堂。经过几代人的艰苦奋斗，清、民国时期宝珠终成为名扬远近的文化名村，世称"文宝珠"。

宝珠的"旧"，除旧厝外，还有三座古廊桥，为古八景之五，称"双虹卧波"。诗曰："长桥叠障似双虹，一架西来一架东。川练晴光频倒影，悠悠横映碧流中。"村头一座桥称"凌云桥"，始建于元代，桥头有一株称"晴雨树"；村尾一座桥称"三峰桥"，始建于明代，还有一座称"接龙桥"。传说明末隆武皇帝移驻延平，后出征闽西，路经宝珠，村里百姓在接龙桥摆设香案接驾，故得名。每至夏日，我常到宝珠廊桥上纳凉，眺望山水田园风光，吮吸新鲜空气，享受着山风吹来的爽意。

桥连着路，弯弯曲曲的村路，路上铺设的古老的卵石，细心观察，每一块造型各异，都有天然的色彩，灰白的，暗红的，好像是一幅幅印象派画家毕加索的画。有一处路石称"三沟石"，传说为古代道人匡石贤凿的三条沟，为民镇妖保平安，后成了村庄一处名胜而传世。物以稀为贵。城里人很难想象，就是这条凹凸不平的石卵路走出了那么多古代的秀才、举人、进士，现代的大学生、科学家、艺术家……

高山明珠，它的亮点是教育，在民国时期，一个只有三百多户人家的小山村，办了六所学校，有日学、雨学、夜学。废科举、兴学校，南平全县最早创办的四所学校，有一所在宝珠。建于清光绪三十四年的省立南平中学，首届只有八名毕业生，五名是宝珠人。延平历史上第一位女大学生卢香芹乃是宝珠人。由于教育的普及，农民多能识字，带动了乡村戏曲、音乐、书法、绘画、医学的发展。在村头打锣村尾就能听到的村庄，竟然有成人、少年两个剧团，能演几十本古装历史剧。农闲时节，戏剧爱好者常在家中的大厅里举办南剑戏音乐会，或在月光下拉弹说唱。在山村的静夜，曲声悠扬，农家夜生活丰富多彩。

走出都市步入宝珠，好像走进了一个新的世界。成片的百年阔叶古树称"细柄阿丁枫"，郁郁葱葱，四季常青。宝珠人勤劳、俭朴、诚实、聪慧，知礼好客，知荣明耻，保持了很多修身齐家的传统美德。宝珠有都市人渴望得到的生态保障，比如，甘美的高山泉水、原始森林氧吧、传统的绿色食品等。宝珠的长者，银发在闪光，很少有城市病的烦恼。一位抗美援朝的老兵，卢传真，九十岁了还能上山砍柴。他的灶台上摆着一箩筐黑乎乎的苦菜干，这也许是不老菜吧！宝珠人多长寿，无病而寿，无疾而终。我又想起古人的话，宝珠是"碧城"，是"神岛"，是仙人所居之所。我似乎悟到了老子《道德经》中"道法自然"的真谛，宝珠人对自然的保护，给子孙带来了幸福。

金坑流光碎影

马星辉

探寻的脚步踏上了邵武金坑。坚实的土地上，远山传来了当年金坑妹子"送郎当红军"的山歌："松明火把夜不眠，妹做布鞋到天明。针儿密来线儿长，知心话儿说不完。唱支山歌与哥听，当兵就要当红军……"

深情的歌声穿越了时光隧道，让人仿佛回到了令人心潮澎湃、战火纷飞的土地革命时期。往昔峥嵘岁月，今当缅怀先烈。八十年前，金坑有五十一位优秀儿女毅然参加红军，从这里踏上了建立红色政权，解放全中国的革命道路。令人扼腕痛惜的是，这个英雄群体中竟没有一位能回到家乡，全部先后壮烈牺牲。

历史不能忘却，春天和冬天，温暖与严寒，都不能忘却。人类记忆如若丧失，便丧失了一切。想起当年革命先烈们抛头颅、洒热血、激情燃烧的岁月，对金坑这块红色土地的敬仰之情便油然而生。金坑的山水蕴藏着许许多多金戈铁马、雷霆万钧、撼人心魄、动人心弦的红色故事。空旷的乡间，风声凛凛，在提醒我坚信：这五十一位烈士的英魂始终没有离开这里！坚信他们存活在金坑的每一棵大树中，存活在每一块岩石中，存活在潺潺而流的金溪水中……

小巧玲珑的金坑地处闽浙赣三地边境，群山环绕，郁郁葱葱，得天地之灵气，吸日月之精华。曾有人怨天尤人、扼腕叹息：与沿海发达地区相比，因为大山的阻隔，时代发展的步伐到达金坑时终是缓慢了许多。然而，正因为如此，被时尚遗忘的金坑却显得格外的安详、宁静与纯朴，幸运地保留了武夷山腹地较原始的生态环境，保留住了传统古村落的原始风貌。这里依然是远山近水、风景如画、空气清新、润人心肺，绝然是个逃离纷纷扬扬之尘扰、安逸浮躁、怡情悦性的好去处，是一个缅怀旧事、洗涤灵魂的圣洁净地。

忆当年红色岁月，朱德、彭德怀、项英、贺

龙等老一辈无产阶级革命家曾在这里开展如火如荼的革命斗争，至今在金坑依然可清晰地看到当年东方县苏维埃政府旧址、中央苏区闽赣省苏维埃政府所在地，以及红军桥、红军指挥所、弹孔墙、红军标语楼等众多红色革命遗迹。尤其是红军标语楼让人感到震撼，它完整清晰地保留了多年前署名为"红军护水"的十余条红军标语，内容十分丰富而有特色，弥足珍贵。

历史再往前追溯，翻开金坑厚重的时光页码，其辉煌文化悠久绵长，毫不逊色于他乡他处，翠绿葱郁的山水之间，流动着格外灵动的文脉。早在宋朝时金坑便始设乡制，商品经济十分活跃，古道驿站、车马舟船，人来人往，日夜繁忙，故时人称为昼锦乡（即日夜繁华之地），元朝改称昼锦上乡，明代为昼锦上乡四十都。儒林郎第、文昌阁、大夫第、九级厅等明清古民居百余幢分布于老街两侧。文史专家在金坑考证明、清商贸历史，在下坊自然村查阅李氏宗谱时，发现金坑李氏属唐高祖李渊后裔，即李渊之子李元婴后代。宗谱载有李氏远祖存考、家族世系、历次修谱旧序、历代家族杰出人物传记等内容。追本溯源，金坑李氏在明朝初期，由南城迁至光泽，再迁至金坑，立户开籍，垦山耕田，繁衍生息。

不仅于此，金坑大常村还是太极一代宗师张三丰族人的祖居地。史料记载：张三丰祖先九龄公为广东曲江知县。隋末唐兴之时，群雄崛起，曲江一带失守，九龄公携家眷十三口、家兵十余人，盟结为骨肉兄弟，避居闽邵五台山（今邵武道峰山）。后来其中一脉迁至金坑大常村生息繁衍，至今已有近千年之历史。大常村清末第五修《张氏族谱》中一篇《子冲张公传》达千余言之多，详细地记载了张三丰的生平事迹。村中张氏祖庙那块"曲江之源"门匾，以及传说为张三丰与仙人对弈的黄蜡石棋盘至今完好无损。

秋雨不大、不密、不急，带来了舒爽的凉意。漫步在年代悠久的金坑老街上，怀旧思绪如同金溪水风吹波起，阵阵袭来。脚下深黄色的鹅卵石街面被雨水滋润后，尽情散发出岁月沧桑的味道与亮光。老街两旁的古建筑皆静静地伫立在细雨中沉思不语。民居里,却是庭院空落,房屋的主人都不知上哪里去了。偶见到有年老而佝偻的身影慢悠悠地出现在民居内外,脚步有些迟钝而缓慢,显得十分地无奈与孤独。我不禁有些扼腕叹息,端的如此一个环境优美、清新自然的安居民宅,却被人们如此轻易地冷落。

现实的情景有些让人无语,人往高处走,水往低处流。人同此心,心同此理。然而,凡事皆有利弊,鱼和熊掌不可兼得,世事怎能十全十美?正如钱锺书先生在《围城》书中所言:"城中的人想冲出去,城外的人想冲进来。"这真是一语中的,十分经典。只是让人担忧的是,传统古村落文化是中国传统文化的基础,是"修身、齐家、治国、平天下"人文理想的文化依托。从某种意义上说,传统村落的消亡,意味着中国传统文化将失去文化传承的重要载体,反过来又会造成文化传承危机。

但我相信"此一时,彼一时,三十年河东,三十年河西"之说,总有一天,"逃离"乡村的人们会回归故里,不再远离。因为对生于斯、长于斯的他们来说，无论离乡多远，是一时的暂别，还是永久的逃离；无论在外面是发达，还是落魄；无论是事业有成，还是一事无成；谁都难忘故土，难忘家乡。因为故土有太多太多令人魂牵梦萦的乡愁……离乡人无法逃脱"床前明月光，低头思故乡"这种刻骨铭心、牵肠挂肚的乡愁。乡愁是每个中国人心灵中最柔软的情结，也是最富生命力的恒久主题。哪怕是远在海外的华人侨胞，他们始终不忘自己是黑头发、黑眼珠、黄皮肤的中国人，是黄河的子孙、龙的传人。他们割不断漂泊异乡的游子对祖国的深深眷恋和绵绵深情。

同理，金坑的游子们无论走到哪里，也不会忘记金坑这块坚实的土地，这里不仅有着红色历史，有着传统村落、美丽乡村的风韵，还有金坑人的淳朴祖训与质朴情怀。

喝过金坑米酒的人都说香醇有劲，那是因为酒料的纯真与时间悠长的缘故。金坑古村充满魅力，那是因为它与众不同的天然本色。"百年孤独"成就了经典，将让世人刮目相看。金坑虽然寂寞沉潜得太久，但尘封的时光更使它的魅力与日俱增，如今该是"铅华洗尽露娇容"的时候了。

金坑，这是一方古老而有文化内涵的土地，是一块令人肃然起敬的红土地，亦是一块年轻的充满青春活力的处女地。莫道今日"养在深闺人不识"，他日必然是"天下谁人不识君"。

在这里能够让你品味人生哲思，能为你释放人生压力，你可以傍于绿水小溪边，或歇于山下农舍旁，饮一碗当地养生擂茶，品一杯香浓米酒，听听当年红色根据地的故事，愈加珍惜今天来之不易的美好时光。

红园—下山的古朴韵致

黄月慧

有人说,古村落是搁浅于时光长河的乡土和人。于我,红园村便是这么一片安静的存在。

红园村隶属吴屯乡,位于武夷山市北部。才至村口,雨滴纷纷扬扬洒下,就在它们亲吻大地的瞬间,车辙和足迹悄然融化,而村子却也露出了其本真。

雨后的小街,湿湿的,走在鹅卵石巷弄,依稀触摸到村庄的脉络。大小不一的鹅卵石,黑色的、棕色的、青色的、黄色的、灰色的、白色的,几百年来已被脚步磨砺走了锐气,颗颗圆滑,泛着光泽。石头缝里,片片蕨萁争先恐后地探出头来,脸上还挂着晶莹的露珠。

红园村始建于明朝,兴于清代,古时是连接温林古驿道与岭阳古驿道的要地。皇家的车辙,茶楼酒肆林立,这些繁华不过臆想尔尔,如今唯有老屋矗立——鹅卵石砌成的地基,厚实的土墙,泛白的木门,黑瓦尖山顶,岁月包浆后的朴实无华,间或有青苔、野藤爬上墙头,平添了它的年岁。

和许多村子不同,有两条小溪经过红园村,鹅峰溪和树屏溪从远古流来,或像调皮的孩童,在古村中自由奔走,或像温柔的女人,把古村拥在怀里。村落坐北朝南,沿鹅风溪依次构筑,几百年也没更换过姿势,这也造就了村子石桥众多的景观。

红园村共有八座石拱桥,随着小溪蜿蜒,高低错落,走向不一。和江南水乡那一座座高耸脊背的石板桥不同,红园村的石桥显得尤为平和,径直横跃溪流两岸,不见跌宕起伏,无须拾级而上。窄小的河面塑造了石桥的小巧身材。

石桥下,溪水潺潺,如一条流动的绢帛徐徐向前,经由岸边低垂的枝条轻撩,像极了女人裙裾上的皱褶。偶遇巨石阻拦,水流破碎成浪花朵朵,水珠飞跃跳荡起来,在眼睫毛剪辑的那一刹那凝固在空中,转瞬跌落回去,又若无其事般缓缓流去。

中国是桥的故乡，自古就有"桥的国度"之称，古桥是凝固的智慧，有史可考者多载于册，默默无名者更甚。红园村的八座石桥中有七座的桥头至今仍保留着完整的建桥碑文。

"兴福桥"不喜喧嚣，独自隐居在村落高处，半山腰上。桥头，青石块垒成的墙面，密密麻麻的虎耳草恣意蔓延。说也奇怪，未等触及碑文便尽数停止了僭越。石碑虽然年代久远，些许斑驳，但是"大清雍正八年""孟氏两兄弟捐赠"等字迹仍清楚可辨，睿智的红园村人用原始的方式铭刻了历史的记忆。

兴许是离天近了些，兴福桥下的水格外欢腾。桥边紧挨一间不及人高的小屋，半边石壁半边土墙，锈迹斑斑的门环慵懒地耷拉着，墙头、屋脚、檐上和门边都有青翠的苔藓肆意点缀。如若不是从残垣断壁中窥见那半屋的草垛，还真将这工坊当成某位隐士的雅居。

四周的山野萌动着生气，远山仿佛被筑起一道厚厚的仙障，似烟又似雾；近山似披上了一层透明的薄纱，朦胧而迷离；小径像是经过雨水沐浴，披上漂亮的花衣，湿润而清新。空气中弥漫着林木青草的味道，雨水浸润后的小草，嫩绿如新，青翠欲滴。

红园村有农田千亩、竹山万亩，产业以农田种植为主，传统产业有用毛竹做原料生产白纸。勤劳的村民们在山间凿出方形纸槽，将砍下的毛竹放在里头浸泡些许日子，用时间将可溶性杂质慢慢摈除，为制造良好的纸浆打下基础。

红园村有鹅峰和鹅峰庙，其生产的鹅峰牌纸在历史上享有盛名。据载，红园古时纸张主要销往青岛、南京、上海、杭州等处。

纸被，古时用藤纤维纸制成的一种被子。"尝闻盱江藤，苍崖走虬屈。斩之霜露秋，沤以沧浪色。粉身从澼絖，蜕骨齐丽密。"宋代理学家刘子翚用寥寥数句道清纸被的制作。苏轼对纸被的保养颇有研究："纸被旧而毛起者将破，用黄蜀葵梗五七根，捶碎水浸涎刷之则如新。或用木槿针叶捣水刷之亦妙。"红园纸被名扬天下，当年朱熹赠予陆游的纸被就是出自红园。

俯瞰红园，一派江南古村落典型面貌，瞬间梦回明清，似水流年漫漶而过。

雨后的村落流淌着宁静，景致显得格外澄清，人的心也跟着透明起来，鸟雀偶尔啼鸣几声，狗儿识趣地打着盹，这种幽静且逢红园摆茶的日子则成了一种奢侈。

红园村明清时期盛产茶叶，是崇安当时的重要产茶区之一，"摆茶"习俗于元顺帝年间由余姓族人迁至村里时带入，流传至今已有六百多年历史了。

所谓摆茶其实就是喝茶习俗，是妇女间联络感情的一种方式。旧时农村，男人上山下田做活，妇女忙完家务之余，相互串门聊天，消闲遣兴，婆媳之间、妯娌之间、邻里之间，家长里短。其间配着茶水和农家小吃，调解矛盾，排解困难，谈笑间，心中不快烟消云散，久而久之形成一种习俗，也成为红园村妇女聚会话家常的一种特有形式，这种聚会由母带女、婆带媳而得以代代相承。

到访当天，祝树芹是摆茶的主人，七旬老太

声如洪钟，手脚利索，在她的张罗下，桌上依序摆好碗筷，豆渣饼、酸枣糕、瓜子、花生、笋干、豆腐乳等十几样农家小菜簇拥着。老人家似乎对白花饼尤为钟爱，她说，这个季节山上有很多白色的野生花，本地称为有刺的花。白色的玫瑰花，采花制饼，甚是美味。将浪漫的花卉化作佳肴以飨来客，农家人的智慧显露无遗。

武夷山是中国乌龙茶和红茶的发源地，主人家拿出来的却是高山种植的绿茶。她说，在这个村子里，几乎家家户户都会做茶，村民们把采来的新鲜茶叶放到烧柴的锅里，轻微的炒制过后便可待饮用了。

不同于工夫茶，摆茶用碗不用杯，姐妹们围坐一席，祝树芹先往每个人面前的碗里放一小把茶叶，茶叶窸窸窣窣沿着碗壁滑下，安静地躺在碗底，待开水注入后，竟像莲花一样盛开，上演了一场美丽的邂逅。片刻，茶香氤氲，茶汤虽不及盖碗或紫砂壶淬炼过的浓郁，却也有高山云雾淡淡的甘甜。

摆茶没有太多的繁文缛节，不论房屋豪华与

简陋,皆可摆茶;不论来客富有还是贫穷,一视同仁;不论来得早或晚,欢迎入座;不论国事还是家事,事事可谈;不论阳春白雪还是下里巴人,样样可聊。茶席上,姐妹们其乐融融,谈笑声填满了整个空间。邻里之间有什么矛盾纠葛,经过席间相商、姐妹相劝,也就在茶香、菜香中消弭无形。在这期间,男人们知趣地远离,恪守"只能妇女上桌,男人不能参与"这条茶规。执香茗,敦宗亲,息争讼,弭纷争,红园村数百年以摆茶睦邻里,造就和谐传奇。

红园村是一本线装书,发黄的书页上纵然没有一宅一故事,轮回的春夏却力透纸背。红园村是有温度的地方,袅袅炊烟荡出的是不息的命脉,古道热肠是村落的根之所在。踏足红园村,犹如时光的拾荒者,将村落的百年烟尘满满地装进衣袋,拂出丝丝古朴韵致,还它一方安然,岁月静好。

大象郑魏

黄明和

郑魏村位于建瓯市迪口镇以南,四面环山,景象怡人。因其建村历史已逾千年,人文底蕴深厚,无论远观近赏,都会让游人产生相同的心灵震撼:格局尤美。郑魏村兴建于唐宋年间,村落傍南溪而上,沿北山而建,整体格局坐北朝南。民居建造以北侧水口为起点,沿地势阶梯式向上布局,形成南、北两条入村主干道,突显丁字形空间骨架。村庄中部有南北向主巷两条,东西支巷十余条,长度五十至三百米不等。巷道界面以卵石(或水泥)铺地及夯土建筑山墙三面围合而成竖向空间,形成了道相通、巷相连的网状交通格式。巷缀小弄,弄通门户,九曲八弯,屋舍森然。而临吉溪之上,相距不足百米之地,有仙恩桥、德胜桥两座古廊桥南北横跨山涧,在绿荫掩映下,在碧水映衬中,似长虹卧波,如苍龙弋翠，分别衔接两条穿山越岭的石板古道。两条古道，在村口交合汇拢，形成了进出村庄的椭圆形环状路径，将村中街巷纳入山水的血脉养育之中。

郑魏村现保存有形制完整的民居院落三十余座、大小宗祠五处、社庙四处、古桥两座、古戏台一处，是建瓯境内少见的大量传统建筑集中连片分布、整体风貌协调统一、建筑整体和细部保存良好的村庄。其中的古戏台与古廊桥最让人流连忘返。古戏台，也称福善庵，位于村庄中心位置，为合院式木质结构，单层建筑，除古戏台为歇山顶外，其他建筑皆为坡屋顶。古戏台位于整体建筑中心，分两层，一层以木柱架空，二层为演出平台。以戏台为核心，三向为马蹄形的回廊与厢房，廊柱横桁，雕龙刻凤；廊板檐披，描花绘鸟。戏台正对面是一个宽阔的大厅，中间隔有天井，不仅开阔视野，亦可多角度观看台上演出。古廊桥两座，位于吉溪上游的为仙恩桥，也称马桥，建于清光绪三十年，呈南北走向，单孔贯木拱，单檐歇山顶，面阔三间，进深十七柱，桥面岩石筑砌，略显弧线，两侧施挡雨板和栏椅。吉溪下游为德（得）胜桥，又名胜桥，建于清光绪二十九年，呈东南、西北走向，单孔贯木拱，面阔三间，进深十五柱，悬山顶，抬梁穿斗结构，桥面微呈弧形，中间一段以方砖铺设，两侧以河卵石铺筑，桥基以大方岩石筑砌，墩上贯木斜撑呈八字形结构，有古道连接廊桥与村庄，是过去进出村庄的必经之路。此外，还有位于村落西北侧的郑氏宗祠，与高低错落、大小不等分建坡地的民居，形成了相对空间与绝对递次的完整结合。走过廊桥，跋涉古道，贴近村落，脚步宛如在穿越历史的时间隧道；移步戏台，瞻仰宗祠，注目民居，耳畔亦有凝固的音乐在激荡飞扬……每座院落，仿佛都是储藏音律的宝库；每幅构件，仿佛都是迸发诗情的摇篮。

这里，有历经千年风雨的古木森林，拔地伟天，羞花闭月；有季节变换的梯田稻浪，春起绿漪，秋涌金波；有卧波俯流的跨涧廊桥，放牧潮汐，照影静澜；有荣宗耀祖的郑氏祠堂，启蒙幼智……还有造型别致、风格各异的古民居，犬吠深巷，鸡鸣晨夕，世外桃源，宛然呈现。郑魏村选址精心考究，景观抉择水绕山环，建筑构思心灵手巧，山道街巷回环相通，高低视野移步皆画……颇有大象风范。山水情怀、农耕文化、先贤样板、情感寄予，在这里，只要有心，都能撷取怀抱，如愿以偿。郑魏村要素已具，鲲鹏待展，是未来影视、摄影、绘画、文学等创作的首选之地，也是游客修学养生、怡情山水的梦寐之地。

旖旎山水，魅力民居，悠远古韵，情感人文……郑魏村清水出芙蓉，天然去雕饰，等着您到此圆梦。

君子之乡

冰 灵

党城村位于建瓯市东游镇以东，是一座具有千年历史的古村落。据民国版《建宁府志》记载，"党城"原称"长城"。从地形地貌看，党城背倚金坪山、祠堂后山和蟠龙山，南对松溪河，在离乱年代，进可攻，退可守，利于对外防御。从村落形状看，松溪河在村庄前绕出一个弧形，村庄缘河边因势而建，绵延一千米多，远远望去，宛如在大河边修筑的一道城防工事。从建筑格局看，村头到村尾，有一条与河流走向几乎相同的主街道纵贯东西。而沿着这条主轴线向四方纵横的弄巷全与主街相仿，两边耸立着院落高墙，首尾有用石条、青砖砌起的宽厚大门，上有炮楼（碉楼），下有厚门，四向八座扼守村庄进出口，构成古时"八门入城"的牢固屏障。自建村以来，村庄始终没有受过大的骚扰，保持着一方的安宁与稳定,当年取"长城"为村名,也许寓意正在于此。

党城处于松溪中段冲积平原,交通发达,是古时水运的一个中转集散地。除码头繁忙,更兼沃野千顷,自然环境注定这里的经济优势胜于他乡。所以,一直以来党城被民间称为"财主村"。当年这里云集着多少财主?众说不一。但从民间的一些流传和现有遗存的古建中还是能感受到名不虚传。一是传说当年财主们的粮庄不仅遍布整个东游镇,还跨地域到小松、东峰、川石等乡镇,甚至于建溪(现划归顺昌县管辖)。粮食多到什么程度?只要这些财主们加工大米,谷皮就要将松溪河盖去一半。二是从众多遗存的古民居中可窥之一二。据有关资料记载,该村始兴于南宋初,而大部分古民居则形成于清乾隆至嘉庆间。这些古民居的特点:一是规模宏大。现保存较为完整的明末清初的古建筑有八十余栋,面积达两万多平方米。其中保护最好的下大厝,建筑占地近十亩。其数量与规模之多之大,闽北罕见。二是布局合理。民居院落集中建在村内,半月形的主街为全村建筑的主轴参照线，其他小弄则围绕建筑群落的需求向东西南北贯穿，形成多个井字形结构，体现出纵横交错、便于人行的蛛网模式，又寄寓路径环环相扣、人心紧紧相连的规划初衷。而祠堂、庙宇、书院、驿站、码头等则建在村外，形成了以居住院落为核心，以绕村建筑为点缀的古村八景。三是风格相近。房屋多为两层土木结构，采用四至八榀横座，二至三进纵厅构筑，厝与厝间用高大封火墙隔断，邻与邻间共用一堵高墙，既互相隔离又相互依存，既确保私密又能互相照应。四是装饰精美。每栋房屋都采用砖雕、石雕、木雕等工艺，梁柱、斗拱、檩条、墙面、窗棂、天花板，或雕或画花鸟虫鱼、人物禽兽，姿态万千，栩栩如生。石墩楹联或凹或凸，木制匾额或大或小，门坊砖雕或阳或阴，都展现出笔力的雄健、内容的广博。五是文风炽盛。多数深宅大院的门前石柱上都刻有对联，如"洛缨奕禊叨丹陛，理学渊源衍紫阳""传家俭德宗风古，振俗文章旧迹垂"等。前者指程颢、程颐兄弟的理学思想陪伴着帝王，源远流长的理学繁衍了紫阳（朱熹书院）的理学高峰；后者则教育后代不仅要弘扬崇俭尚德的传统家风，更要以前人为垂范，光大优秀传统文化。此外，还有诸如"礼耕义禅之斋"等牌匾悬于民居中，无不起到启示后人的作用，体现出朱子过化之邦的流风遗韵。总体风貌上，整个村落依山傍水，天人合一；坐北向南，冬暖夏凉；布局精巧，点面结合；街衢纵横，空间适度；建筑恢宏，宜观宜居。这既展示出大手笔、大气魄、大吞吐的气势，又呈现出建筑的高矮错落、宽窄相间、曲直有度的画意。走进街弄，给人不尽恬静与悠然之感。

叶氏宗祠是党城鼎盛一时的标志。叶姓一度占到全村人口的绝大多数。直到今天，村内仍有一半人口姓叶。据叶氏族人口头流传，在清乾隆年间，叶氏家族出了一位太子师，为报答祖宗血脉的养育之恩，他出资在家乡建了一座宗祠，地点就在村头山脚的古道旁。宗祠主体建筑两层，分正堂、厢房、厨房，还设有后花园，全部采用青砖、石板、珍稀古木等材料构建，规模宏大，气宇轩昂。宗祠落成后，四乡八里的叶姓人家都会到此祭祖，香火旺盛。一次，政和新任县令骑马经过，看到如此气派的宗祠，心想谁敢如此大胆，竟将宗祠建得似宫殿一般，于是面带愠色走进探个究竟。当看到是叶氏太师出资建造时，吓得两腿发颤，立即在堂上三拜九叩，并跪走而出。祠堂在20世纪中期已被破坏殆尽，只留下一堵高大的门坊，上书"叶氏宗祠"四个繁体楷书大字，孤独地栉风沐雨，给人不尽畅想和追抚。

右文书院称得上是党城的文化摇篮。该书院与叶氏宗祠隔路相望，也是叶氏族人共同出资兴建的。书院建于缓坡，分两层，是建瓯同期所建书院的幸存者。两百多年来，书院培养了多少俊杰人才，无法统计。但最让叶氏后人津津乐道且引以为豪的是叶仁涛。据叶氏后代说，叶仁涛曾任过民国时期警察厅副厅长。一年党城受大灾，村民颗粒无收，食不果腹，可上头不问实情，拼命催税。族人无奈，只好写信向他反映实情。叶仁涛掏出自己的积蓄，为全村交纳了当年的税金，全村人因此渡过了灾年。后来族人常拿他作为教育和激励子孙后代的范例。自20世纪恢复高考以来，党城走出了一批又一批大学生，为家乡赢得了荣誉，这与书院一以贯之的文风濡染不可分割。

"君子乡"是党城历史上获得的最高荣誉。这一巨幅石雕匾额镶嵌在临溪门坊的门楣上，石板虽显斑驳，字迹也渐模糊，但依然能让人感受到这里曾经是一个儒雅之地。据老年人回忆，在1964年公路开通之前，党城一直都是个大码头，不仅是松溪大运河上的一个重要的中转站，还是通往党口村、水源乡以及屏南县的必经渡口，舟来船往，十分繁忙。早年南来北往的船只，无论船上装的是金银财宝，还是粮食布匹，只要在党城码头宿夜，就从未发生过抢盗事件。乾隆年间，一次政和县衙派员水运官银至福州，在党城河段遭遇大浪袭击，船底触石漏水，差役赶忙撑船靠边，卸银于岸。乡人不仅帮助修船，还无偿看护。抛银三日于岸，竟然毫发无损。此事报至建宁府，府官深受感动，于是赐予该村"君子乡"称号。府赐级别虽不高，但对一个村来说，亦足以标识一个时代良好的社会风尚。

下大厝是党城古民居的代表，由三个单元组成。两个单元联体，一个单元隔主街而建。联体的两个单元建筑分八榀二重厅进，大门、天井、厅堂、厢房、后阁、厨房分前后左右，依次布局，宽敞明亮。主厝侧翼还建有小书院、花园和活动场所。在厅堂天井屋檐边，还装有一个特制的木质转轴，专门用以垂挂帘子。据说过去有宾客来访，家中女子不便见生人，就提早将帘子垂下，既不打搅客人造访，又不影响手中的活计。叶济穷是厝中的长辈，家中保留着一块牌匾，匾顶端用隶书横写着"浙江"二字，中间用篆书竖写着"寿昌县正堂"五字，字体镀金。据他说，约在清同治年间，曾祖父叶小干在浙江寿昌任知县，每次回来，大门口便要摆上这牌匾。同款式牌匾一共四块，分别摆在一、二重大门的左右，还有两块格式不同的上书"肃静"的牌匾则摆在一重大门的左右。这些牌匾当年给叶氏家族带来过多少自豪与风光，大概只有其后人能感受到了。

历史有留影,更有呈现。可以坚信,党城的明天,一定会是一个古建风貌与田园风光、历史文化与传统民俗交相辉映、和谐共融的行旅圣地。

琅嬛福地话洞宫

李家宁

我曾写过一首《咏洞宫》（平水韵）的律诗，诗曰："白水洋边属洞宫，洞中相对壑崖空。洞边本有仙人住，白日悠悠已变空。壑树横空如太姥，朱熹李氏遗踪穷。苏区火焰燃千里，烈士精神传世崇。"

相传道教有三十六洞天、七十二福地，皆仙人居处游憩之地。世人以为通天之境，祥瑞多福，咸怀仰慕。《天地宫府图》云："七十二福地，在大地名山之间，上帝命真人治之，其间多得道之所。""福地"一词，其出现甚早，编集东晋上清派仙人本业的《道迹经》引有《福地志》和《孔丘福地》。"七十二福地"一词亦见于南北朝道书，《敷斋威仪经》有"二十四治、三十六靖庐、七十二福地、三百六十五名山……"道教潜隐默修之士，喜遁居幽静之山林，故多择有仙迹传说之处，兴建宫观，期荫仙风而功道圆融。历代以来，道侣栖止，香客游人络绎不绝，故洞天福地已成为中国锦绣河山之胜境。

唐杜光庭《洞天福地记》："第二十七福地：洞宫山，在建州关隶镇五岭里……"建州关隶镇五岭里即为今福建省政和县杨源乡的洞宫山。

这座被历代文人墨客称为"福地洞天"的洞宫山留下了朱熹、李纲、赵迪、郭斯玺等名人的足迹。"风帆渡海瞻蓬岛，鏊崖横空近武夷。曾记炼丹炉畔立，一声长笛落花飞"是洞宫山的真实写照。

洞宫山坐落于鹫峰山脉中段，因山中一巨石呈宫字状，其山洞又有洞中宫殿之称，故而得名。山中风光旖旎，景色清幽，峰峦岩洞，秀拔奇伟。

洞宫风景区由宝丰岩、麒麟山、香炉山和九层际库区四大景区组成，是旅游避暑好去处。当你驱车来到洞宫山九层际库区时，只见座座奇峰秀岩迎面兀立，松涛竹影，山光水色，使游人顿觉心旷神怡。往东百米,第一个映入眼帘的是"象鼻岩",岩下是碧波荡漾的湖水,岩上是茂密的森林。车从岩下穿过,别有情趣,游人皆在岩前留影。再往右望,就是神秘的"观音岩",只见她仰头眺望,脸如满月,头戴昆芦,身披袈裟,飘然欲动,故而名曰"观音望南海"。穿过观音岩,来到宝丰岩下,那十二座悬崖岩石,高插云端,千姿百态。有的形若宝剑,状似楼台,类比塔宇;有的似虎、狮、龟、蛇、蟆、鹤等动物,栩栩如生。岩上松涛阵阵,岩下竹影婆娑,格外怡静秀雅,别有一番天地。徒步往西,便是两崖对峙的宝台峰,又称姐妹峰。两间峭壁,是天然绝好的"一线天"。峭壁下有数十个石洞,大的可容数百人,小的可容数十人。

洞宫瀑布群在水库下游,每节有一深潭,隆隆水击声如雷动,水花飞溅似万斛珍珠撒落在万绿丛中,蔚为壮观。尤其是被誉为"美人浴池"的第一潭,潭中有一赤石,犹如美女躺在潭中沐浴,玉体楚楚动人。丽人佳景,令游人不舍离去,争相与玉女留影。

虹溪位于洞宫山景区麒麟岩下，令人惊奇的是，如此长度的赭赤色河床，居然如刀削斧劈一般平坦，溪中全然不见河卵石和泥沙。关于虹溪的由来，还流传着一段美丽的传说：相传当年龟蛇精为患洞宫山时还没有虹溪。因此，旱灾、涝灾连年不断，百姓辗转沟谷，无以为生。上天为拯救生灵，便派两位仙人下凡消灭了龟蛇精，并用神牛、神犁从洞宫山起沿环峡一直犁到屏南，造就了虹溪和鸳鸯溪。"三里红岩无粒沙，水清见底映云霞。赤虹波卧奇观景，原是神牛用犁爬。"（王松雄《虹溪》）

在洞宫山雾中桥下峡谷中的八块岩石上，布满了两百八十多个形状规则、大小各异的同心圆。令人不解的是，在这条数千米长的峡谷中，仅有这八块岩石上有同心圆图形，且这八块岩石石质十分坚硬，风钻在上面弹跳也不过留下些白点。因此，关于它的由来，人们众说纷纭，百思不得其解，于是便将它命名为"怪圈"。一位作家曾生动地描写道："它如符咒，如密码，如一页页读不懂的天书，却又使人隐隐感到，那是天工造化对人类的某种暗示、某种隐喻。"有道是"千年迷宫成一洞,鸳鸯两湖匿其中。若为黄山武夷故,更喜洞宫奇无穷"。

洞宫村位于洞宫山景区内,建于南宋庆元元年前后,是一座历史悠久的古村落。村内古巷众多,小巷或平行,或交叉,或垂直,纵横交错,形成了一个回环往复、错综复杂的街巷系统。1936年,叶飞率领的闽东红军与黄立贵率领的闽北红军在洞宫村会师,召开了著名的"洞宫山红军联席会议"。

黄氏入闽始祖黄鞠后裔第十世黄千四,后唐时因世乱,由石桥迁下坂肇基,至第二十世黄五四携一子迁西门开基。洞宫村现有古民居大都建于清朝中后期,除部分毁于火灾和拆旧建新外,完好保存清代建筑风格的古屋还有七栋,都集中在相邻的几条小巷之间。青石铺地的巷道,巷随墙转,曲曲折折的幽静中弥漫着淡淡的历史气息。这些古民居都是黑瓦土墙的土木结构,土墙内外用石灰涂刷,但因风雨剥蚀,石灰大都已脱落。古屋门前的台阶、拴马石、大门门框,屋内的天井、础石、踏步都是清一色的青色花岗岩。古屋内融砖雕、石雕、木雕艺术于一体,古朴典雅。大厅内都高悬着一块或几块木雕牌匾。从房屋的气势和这些清朝末年和民国初年牌匾的内容上推断,这些古屋的主人都是当时社会上颇有影响的乡绅。

位于村旁深山上的宝丰禅寺为洞宫山景区的中心景点,始建于明万历二十三年,重建于1995年。寺院背倚宝丰岩,岩壁平整如刀削,两侧翠竹遮掩,环境优雅。寺院大殿和后院崖壁石洞下供奉着神佛,大殿两边偏房供看护寺院的善男信女住宿。此外,大殿中还有一只拜佛状的蟾蜍,它是利用天然隆起的岩石雕刻而成。每年凡遇礼佛节日时,各地的信徒与香客便会慕名而来。

洞宫,我的初恋。洞宫山,无数神仙的居住之地。洞宫村,一个永远充满神奇美丽的文化村,一个令人流连忘返、魂牵梦萦的好地方!

坂头丽影

李嘉宁

坂头村位于福建省政和县杨源乡境内。花桥位于坂头村口,横卧蟠溪之上,是坂头村代表性的古建筑,由坂头苏坑人陈桓衣锦还乡时创建,随后时毁时修,现存建筑虽为1914年重修,但一如旧貌。陈桓,正德六年进士及第。他任过户部主事、员外郎、庐州知府、九江兵备副使等要职,为官清廉。该桥为单孔楼阁式风雨桥,因三层主楼翘檐朝天似莲状而得名。

在桥顶斗拱、桥廊神龛以及八十根桥柱桩上,绘有桃园结义、岳母刺字等历史故事,另有花鸟壁画、楹联近百幅,艺术品位高,令人赞叹。在阁楼的四壁书有王勃的诗:"滕王高阁临江渚,佩玉鸣鸾罢歌舞。画栋朝飞南浦云,珠帘暮卷西山雨。闲云潭影日悠悠,物换星移几度秋。阁中帝子今何在?槛外长江空自流。"这是民国初年湖北书法家徐庆澜的书法作品。花桥风韵独骚，绘画多彩：陶菊周莲，韩潮苏海，意韵隽永，可谓"史库""画室"。我每次浏览都叹为观止，曾写下诗句："文昌阁上诗文藏，层叠翘檐凤冠苍。画栋雕梁披异彩，花桥光景处处强。"

桥内设有两条通道，其中一条用木栅栏相隔，边道过去专供妇女行走，这在福建众多古桥梁建筑中还是少见的。在桥的二、三间挂有风铃，遇风则叮当作响，村民们便根据是东边，还是西边铃响来预测晴雨，颇为灵验。

更为奇特的是，在桥孔中央石缝间还伸出两把黝黑的宝剑尖。据说，宝剑尖逢涝时能自动伸出，旱时则自动缩回，实属奇观。传说，当时溪中有一条孽龙经常在此兴风作浪危害百姓，后建桥时经指点，在桥拱中埋设了宝剑，孽龙从此销声匿迹。真可谓："进士陈桓衣锦还，爱乡捐助建桥廊。飞檐铃铛逢风响，桥孔宝剑见涝长。"

坂头村除有形的花桥等古建筑文物外，还有丰富的非物质文化遗产，尤其是"新娘茶"别具特色。

据介绍,每位新娘在结婚后要办四次新娘茶:第一次是在婚后第二天上午,新娘要给公公婆婆和男方的舅舅、姑丈等长辈敬献新娘茶;第二次是在婚后第三天上午,新娘要给来帮忙办喜事的妇女们敬献新娘茶,以表感谢之意;第三次是在婚后的新春佳节期间,挑选日子举办最为隆重的新娘茶,一般是选在正月初三、初六或初九;第四次是在婚后次年端午节前一天,受邀请前来喝新娘茶的人,主要是村里妇女及小孩,新娘可以从她们品赏新娘茶过程中,学习到要尊老爱幼、要搞好家庭团结。可以说,"新娘茶"是进行传统伦理道德教育最生动的形式。

王松雄在《新娘敬茶》一诗中,对新娘敬茶的深刻内涵,有生动的描述:"女儿出嫁美如仙,孝敬娘亲跪膝前。滴滴可尝离别泪,杯杯都是报恩泉。"这短短的诗句,读了让人眼眶湿润,多少恩情顿时涌上心头。新娘敬茶,敬的是恩重如山的亲情,娘亲、婆亲、乡亲都是亲。做一个孝顺的儿媳,做一个有情有义的村民,是长辈的殷切期盼。因此情深义重的新娘敬茶习俗代代流传。本人也曾写过《坂头新娘茶》诗一首（平水韵）："新娘含笑性情温，丽质天生一副尊。福禄双全生百子，财丁两旺育千孙。新婚宴尔甜滋润，琴瑟和鸣美丽村。笑语欢歌讴盛世，小康日子富余存。"

坂头村到民国时仍有诗社，重视诗礼传家，文化底蕴深厚。当地流传的《六音字典》跟普通字典不同，是专供乡下认识字不多的农人使用的方言字典，有大字母三十四个，分别是穿、本、风、通、顺、朗、昌、声、音、坦、横等；小字母有十五个，分别是立、此、求、气、中、片、土、全、人、生、又、名、言、出、向，而且每个小字母根据政和方言的特点还分成六个音调。据字典主人介绍，祖先陈桓考中进士，后来当上了户部主事，陈桓的哥哥陈相文化水平也很高，但为了照顾没有外出发展的乡亲，重视家族子弟学习的陈桓，就嘱他哥哥编撰了这本字典。这是一本研究福建方言的重要资料，更是一部宝贵的区域文化遗产。

青口寻古

潇潇

闽侯县青口镇位于乌龙江畔、五虎山下,这里拥有东南汽车、戴姆勒汽车,以及汽车配套厂两百多家,吸引了美国克莱斯勒、日本三菱、德国奔驰等多家世界知名企业前来投资、合作,已成为海峡西岸以汽车制造及零部件生产为主的机械制造重要基地。这里也是好友林晓阳土生土长的地方,曾听她说过这里有个青圃村,村子历史悠久。青圃小学旁边还有一座灵济宫,年代久远。

走在青圃村的街道,与对面的新城区相比,这里没有浓厚的工业气息,一路可听到小摊点的吆喝声或邻里之间的问候声,散发着市井民间味道,很是亲切。走过老街,远远地看到有两道青砖砌成的拱门,古朴沧桑,两道门上面刻着"爱国"二字。走在这两道门之间,内心多了一份宁静，外界的喧嚣已远去，仿佛行走在久远的年代。

穿过这两道门，路边有一座红砖房，门额上写着"西井林氏宗祠"，左、右边门上各书"入孝""出悌"。走进祠堂，顿然令人感受到气势不凡，宛如一座古代的豪宅大院。其内建有大戏台，戏台上门是圆形藻井，层层斗拱纵横交错，井然有序。中厅左、右两边整齐地排列着一张张竹质躺椅，一幅熟悉的画面映入眼帘，原来这里就是博友"穆睦"博客里的那个祠堂。记得当时看到他拍的躺椅图片，忍俊不禁的同时也羡慕祠堂里悠闲自在的村民。没想到这个心仪已久的地方，现在竟然就在我的面前，激动之情无以言表。祠堂里的人依然还是那么悠闲，时不时抬头看一眼我们这些远客，而后又埋头专注打麻将或在躺椅上享受那份清凉惬意。置身于此，怎能不让人也放松心情，融入这份情境之中？中厅挂有"博爱""九牧生辉""西井繁荣"等牌匾，黑底金字，光彩夺目。

穿过中厅是祖厅，厅前是天井，两尊石狮子

蹲踞两侧，威风凛凛，栩栩如生。祖厅金碧辉煌，庄严肃穆，上方高悬"十德堂"匾，左、右是两块"父子进士"匾，也是黑底金字，彰显林氏祖上荣耀。

祖厅的左侧是厨房，时值祠堂准备办晚上的酒席，厨师们正忙碌着。海鲜粉干、酒糟鱿鱼、糕点等都已做好装入大盆子里，走道上的帮厨们也正把一头头大龙虾抓到盆子里冲洗备用，一幅地道的福州办酒席的热闹画面。

离开林氏宗祠，继续一路寻找古迹。没走多远，看到路边有座郑氏宗祠，祠堂门口的老人和蔼可亲，笑脸相迎，欢迎我们进去参观。与林氏宗祠相比，郑氏祠堂显得比较简陋，只是中厅有个八角形的藻井，不仅造型美观独特，而且顶上的天窗还能给低矮阴暗的祠堂带来缕缕光线。祖厅门上挂有"草带堂"三字的牌匾，让人想到杜甫的"草堂"，也给郑氏祠堂增添了一种文化气息。

从郑氏宗祠出来，向小卖部的老板打听去灵济宫的路线。老板热情地告诉我们从这路边的小巷穿过，不远处就可到灵济宫。走进小巷，与大路两边的楼房不同，这里面隐藏着各种古老的房屋，有土坯房，有砖房，还有石头垒砌而成的房屋。很多房子已经年久失修，凹凸不平的土墙上，偶尔看到几枝绿藤伸出墙头，给苍老的土墙增添了春色。坐在门口聊天的村民，看着我们在一座座老屋或土墙前留影时，时不时向我们投来异样的眼光。

沿着巷道欣赏古屋，绕了一个弯后，眼前突然出现一座牌坊。坊正中额题"升平人瑞"，上款"闽县寿民林聿淇年百有三岁"，落款"咸丰十年礼部题"。原来这是清咸丰年间为一老寿星建的牌坊。

拾级而上，走过"升平人瑞"坊后，便是一座阁楼式山门，上书"金鳌门"三字。山门后就是挂有"闽侯青圃灵济宫"牌额的庙堂，寻觅已久的灵济宫终于出现眼前。这是座宫观，始建于五代，初名大王庙，明代永乐十五年重建后皇帝赐名灵济宫。宫外门上的对联书"欲观北京皇帝殿，先看青圃灵济宫"。相传明成祖朱棣迁都北京坐稳天下，或许因常年征战之故，背长毒瘤，并渐渐全身痛苦难忍，于是，借太后得病的名义，下诏请高明的医生来治。榜文贴出，果然有人揭皇榜，乃闽县青圃村附近乌龙江畔的曾神孙。他是祖传草医，专治各种疑难病症，进京城后对症下药，药到病除，永乐帝康复，龙颜大悦，赐之"神医"之名。曾神孙怕出名，便托词说这是青圃灵济宫内神明的功劳。皇帝就下旨按照皇帝宫殿样式，重建灵济宫，御书"灵济宫"匾，且每年春秋两季专派大臣到此祭祀。

庙堂为前厅后殿式布局，厅殿连为一体，设有戏台、阁楼式看台及神殿。正殿立"御封洪恩上帝"碑额，正中供奉身着明代帝王装的"金阙洪恩真君"和"玉阙洪恩真君"（二徐真人）造像，左右为其二像的金身塑像。正殿左右有两偏殿，分别名为"永安宫"与"注生堂"，供奉二徐真人的父母与其两位夫人。

来灵济宫，不得不看的是御碑亭，这是宫中仅有的明代建筑，由碑与亭两部分构成。御碑，石灰岩质，碑顶半圆形，两旁雕饰盘龙纹，中间篆额"御制洪恩灵济宫碑"。碑边框由青龙图案构成。碑竖立在赑屃上。赑屃是由整块南京端石凿成,重达数吨。现在看赑屃,在它身上有很多凹陷,还能看到一缕缕红色的石脉。当地人传说这是神龟,刮下它身上的粉末能治家禽的病,还能治疗多种疾病。因此石赑屃就难逃被挖得千疮百孔的命运。碑文为明成祖所撰,内阁首辅解缙书写,只是很可惜,没有保护好,现在上面的字已经模糊不清。亭子由十六根木柱立于简洁的莲花瓣柱础之上,已有六百年历史。久经风霜的柱子,没有再做修缮,虽然已经褪去华丽的外衣,素脸朝天,但抚摸着粗糙的柱身,却让人感觉真实。

在御碑亭休憩了一会儿后,离开灵济宫往山下走,看到"升平人瑞"坊对面有一座白墙黑瓦的古民居建筑,和三坊七巷的房屋建筑有点相似。走近这座民居,小门正好敞开着,带着好奇心,走进去参观。虽然这房子现已破败不堪,杂草丛生,但从它的规模可看出曾经住过大户人家,内有大、小厢房好几间,有前厅、后厅,还有天井。站在这荒凉的屋子中,不由令人感叹,荣华富贵过眼云烟。

从古民居走出,依然觉得看不够,走不完。7月的骄阳炙烤着大地,但古朴的青圃村宛如阵阵清风,令人忘记夏日的烦忧。

古井·古桥·古道

阮道明

透堡历史悠久,拥有江南小桥、流水、人家的传奇。坚固的城垣,古老的庙宇,雄伟的桥梁,深邃的老井,曲折的山道,胜迹荟萃,是透堡人心目中的过往岁月、生活家园、瑰宝印记,像一颗颗闪耀的珍珠,簇拥着我们走进一条斑斓、神奇的历史文化长廊。

透堡位于连江县东北部,镇区那一口口神奇的古井,那清脆欢乐的声响,撩拨多少透堡游子的乡思乡愁。

童井,位于东门外原小学校园内。据《连江县文物》记叙,相传建于隋唐间,宋庆历中邑人郑珍修,建中靖国、崇宁间郑中行重修诸胜。井旁迄今尚存郑中行题镌的石碑。民国《连江县志》载:"童井,旧传有青衣童子,拔草取水,乘云上升。"1959 年,透堡小学建在井区,古井淘浚修葺，井水清净。1994年小学迁新址，这口千年古井，在人们的记忆中慢慢淡化。

状元井，位于透堡岭兜村、南宋诗人郑思肖故居旁。据《连江县志》载："宋淳熙元年，该村郑鉴进太学，获两优释褐状元，后建状元井纪念。"状元井花岗石砌造，原井面无栏，两块花岗石凿成半圆形孔，拼合为井口，上覆圆形石盖，现井口砖砌方井围，面饰水泥加以保护。井水春和、夏凉、秋温、冬暖，不溢不枯。幽幽的井水，似乎述说着当年郑鉴为学、为人、为政的故事。

状元井西边的不远处，便是尊王宫。它始建于唐代，清代重修，1992年复建。一座平常而又质朴的江南宫庙，火墙、木柱、戏台、座厅、佛殿、曲廊、屏门、屋顶、翘角，布局合理。宫庙周围有小溪流转，廊外有田园风光照应，一幅充满乡村风情的画卷，显得清幽、雅致、宽敞。据说，这里曾是郑鉴、郑起读书处。井水化作甘甜雨露，润泽干涸的土地，滋养父老乡亲。

在我童年记忆中，透堡有很多知名的古井，

那一口口古井，曾是古镇人的命根子，大家喝的、用的水，都是出自古井。斗转星移，世事更新。我竟有好长的时间没回到透堡，可我却忘不了印象最深的透堡"百二层"岭下那一口古老的水井塘。古井位于透堡通往长龙古道路口，距纪念戚继光的保民堂咫尺之遥，故又名保民井。古井环三山，朝大溪里。井水由地下山泉汇集一处喷发而成，水质清冽，甘甜爽口，泉水长涌，终年流淌。记得小时候经透堡去马鼻读书，或是去透堡探亲访友，我总喜欢喝保民井清纯甜美的井水，感受热天喝这井水可去暑解渴、不生痱子，冬天洗手不生冻疮的特异效果。

古镇居民早就通上自来水，水质不比古井的水差，但乡亲们总要坚持去保民井运水。大家会聚在井旁，一边取水，一边话家常，井口的泉水照明人们的笑脸，总让人们感到非常踏实。他们的目的只有一个，那就是用保民井水泡茶、酿酒、做豆腐、蒸米糕、煲年饭、煮鱼肉，天然纯净，有滋有味。

琼浆玉液般的保民井水，从此和古镇透堡结

下不解之缘,把日子装进了晃悠悠的汲水桶。这井的诞生年代雾霭一样迷蒙,静默的井水深藏着古董般的记忆。人们还在周围建起保民堂,在泉眼上面建起了"水井塘",以示保护和纪念。

世世代代的透堡人家业兴旺,如水龙头哗哗地唱响古镇的沧桑,水桶蜷伏墙角展示了寂寞,然而去水井塘运水的私家车、农用车、摩托车还是络绎不绝,大家都对古井心存感激,也对它倍加呵护和爱惜。透堡、宫坂、坑园一带人都把这泉水视为自己健康的纯净水,取水人在井场修建了遮雨棚,环境整洁,和谐自然。

透堡人杰地灵,这里的人们充满智慧,总能因地制宜,在溪流上修桥补路,便利生活、生产。我想起小时候在透堡游玩过的许多古石桥。那些默默无闻的石桥,曾给我带来乐趣和启迪。

清人周亮工的《闽小记》有"闽中桥梁最为巨丽"的描述。唐代至清末,透堡镇仅一个镇区所在地,旧版《连江县志》记录的古石桥就有多座。现存比较完整的登云桥、飞凤桥、东里桥和月峰桥,古韵犹存。

最吸引我的是登云桥。它位于透堡西门外文昌祠南侧，貌似横虹卧波，旧县志载为历上桥，东西走向，古时透堡、马鼻和罗源、宁德等沿海一带学子赴省城或进京考试必经此"通衢"。桥的西端，紧接峻峭的透堡岭古道，拾级登阶，似平步青云，故名。登云桥相传建于唐天祐间；清康熙间，黄恭青首募重修，在桥头建凉亭；乾隆间，黄建西集募整修；同治四年，杨洪超募修桥与亭。亭现已毁，古桥完好。桥面用部分水泥加固，旧石栏已圮，2005年以不锈钢栏杆加固。桥栏外侧尚有铭刻，字迹多已模糊。登云桥花岗石构造，桥墩立溪中，二孔疏流，船形石台，平板石梁，宽厚益彰，恬淡平实。桥面每两墩之间各铺架三根长条形花岗岩石梁，分两段排列，石梁与石梁之间有机连接，桥两侧为石桥栏，横杆若凳，行人歇脚，有一种清新、凉爽、宁静之惬意。人走桥上，顿觉古朴、安稳。

透堡古桥瑰奇壮丽。一段秀丽凤溪，从大山里流淌出来的碧水，如同玉带环腰，从西南绕城郭向东北蜿蜒入海，形成古镇"五桥六井七墩星"的大格局。溪上迄今仍横卧着古石桥,递接悠悠的石板路,连接家家户户,向远方延伸。就群体而论,桥的布局、规模、间距、密度,均错落有致。以单体而言,也许是建筑时空不同,古桥风格迥异,姿样别具,宛如彩虹。如最长的月峰桥,始建宋淳熙年间,位于透堡西门外泰山宫右边,南北走向,花岗石构造,船形石台墩,间隔三孔桥洞,平梁石板。石梁边上可辨认的有"王友谅、友闻与侄京为考乡贡王念三郎、妣郑二娘舍""方八娘、吴七娘、郑七娘、黄四十一娘、黄四十七娘各舍钱五贯"等面刻阴字。该桥道光二十九年陇柄杨姓重修,杨文辉督造。该桥迄今仍是重要通道。

塘里村是海水与淡水交汇的地方,景观独特。东里桥,旧县志称"溪头桥",当地称"驴桥",就坐落在这里。该桥横跨溪头河道,南北走向,花岗石构造,两孔,船形石台墩,由四块巨大长石为梁,中间横夹两行板石为桥面。桥旁有大榕树遮阴,环境优美。旧县志载该桥是宋淳熙间里人郑鉴捐款建造。民国时,桥西北向一块巨大石梁被台风吹折的大榕树枝干压断，其余均保存完好。断掉的石梁上，郑鉴亲撰的"东里桥"题刻依然清晰如故。

位于透堡净安寺西的飞凤桥，地处南门兜，又称南门桥，古名"东阳飞凤桥"。民国版《连江县志》载："旧名镇东桥。"该桥南北走向，花岗石构造，桥下三孔洞，船形石台墩。跨溪越河的石梁，两头又具石钉铆，把石头巧妙地搭接，简单的结构，不寻常的技术，使石桥越走越结实，坚固异常。桥面两边设石栏杆，方形望柱，柱身雕刻简约。相传该桥系净安寺僧募建，始建于唐宋间，栏墩刻有阴字，可辨的有"王三十六娘与男舍钱二十贯""明天启元年重建"等字，清乾隆间黄文昭、黄文钻倡修，1993年杨与杰重修。这座桥能较完整地保存到现在，是严谨的结构创造了奇迹。

仲春，我再次瞻仰古老的登云桥。坐在桥栏石凳上，轻轻抚摸她斑驳的礴花，重温曾经在桥上挑担走过、在桥下摸鱼捉虾、在凤溪边把芦苇作为天然乐器等往事，不禁热泪盈眶。

拜谒透堡古石桥，用历史的触角，感知这里的每一块巨大的石条的非凡际遇。石桥见证着风雨沧桑，印证了先民的聪明智慧。这里，每一座坚实的桥墩，再现了怀古的情结；每一个颀长的石栏，围就了惊人的架构；每一滴清纯的溪水，都在追寻动人的美梦。

石桥，成了联结人们精神家园的情感纽带。

来到透堡，不看看古道多少有些遗憾。爬山虽累，但这边风景独好。透堡古道虽然没有茶马、仙霞古道名声大，然而却有"道上云和月，路中仙伴风"之韵，能不激起游人的神往吗？

透堡古道全长二十千米，深藏于炉山麓，古道的最东头与透堡古城墙相连。古时候，海陆军事防御体系集山、海、关、城于一体。城墙主要有四城门，东称"镇东门"，西称"登云门"，南称"太平门"，北称"威武门"。小时候，我饶有兴致地登上镇东门看看城墙遗址。在农房林立的当年，这段不高的城墙雄风不再，已体会不到丝毫兵家必争之地的况味，但残缺的城墙，还是让人触摸到一段远去的历史，发思古之幽情。

古道东面越过古城垣，便是凤溪，如苍龙般探入海中，向西则经登云桥、保民堂、太保殿、章仙峰、水头湾，转南通往长龙与浦口交界的乌岩岭。相传，唐代邑人章寿，开元年间在崇山峻岭中辟出一条羊肠小道，上香炉峰牧羊、学道。章寿羽化成仙后，乡民把这条路称为"章仙道"。人们感德章仙，在古道边一块巨石上题镌"章仙峰"三个遒劲有力、大方雄浑的大字。"石壁巍峨翠几重，旧时鹤驾去虚空。桑田变海今何在？留得声名万古中。"此为宋代进士王梦赋诗题记。为凭吊章仙，石刻旁还建有章仙亭。

眼前是一条古朴而庄重的山道。史载，宋元丰七年，提刑李茂直奏移西洋巡检于罗源南湾（今濂澳），管"连罗海道"。拓展古道是连接福温古驿道的其中一路，又是取道闽东沿海的水陆"通衢"极其关键的一段。古道的山峰又高又险峻，峡谷又长又深邃，有"一夫当关，万夫莫开"之势。自宋、元到明、清，这条用石块铺就的古道持续了千年繁荣，保存至今，串起了名闻遐迩的一路人文景观，引人入胜。

自古道开辟以来，官宦、商旅、学子、平民等来去匆匆，路上有茶叶的芳香，有雄浑苍凉的马蹄声，有清新淳朴的山风扑面而来，回荡着历史过客沉重的脚步声。千百年来，挑夫的脚板和着汗滴，早已将一路的块石打磨得光滑异常。

古道为天造地设的雄关，历史上是兵家必争的要冲。明嘉靖四十一年，剿倭将军戚继光接到倭寇企图偷袭马鼻的紧急情报，神不知鬼不觉，从宁德调兵遣将，连夜率部翻越透堡岭古道，出其不意，奔袭马鼻，大败倭寇。在世界瞬息万变的今天，很难想象，就这么一条古道，在几百年前具有如此重大的国防意义。如今，在古道登云桥百步之处，保民堂内祀戚继光参将神像，供后人瞻仰。古道记载了这段可歌可泣的历史。

百年前，辛亥革命，风起云涌。连江仁人志士，风里来雨里去，穿梭于古道，集结透堡棋盘堂，组织"光复会"追随民主革命先驱孙中山，矢志推翻清王朝封建统治。他们在广州起义中，丹心碧血染黄花。刘六符、黄忠炳、王灿登、卓秋元、胡应升、魏金龙、陈清畴、陈发炎、林西惠、罗乃琳等"连江十烈士",立下了不朽功勋。古道是一条英雄的路!

"雄关漫道真如铁"。古道至今依然流传着神奇的故事,似红色的纽带。民主革命时期,叶飞、陶铸、邓子恢、杨而菖等革命前辈,把古道沿线民众紧密联系起来,创建了"山面区"红色根据地,组建红军游击队,也曾潜越古道,奔袭透堡,播下了革命火种,留下"透堡暴动"、下洋抗日游击队痛歼鬼子的红色记忆。

抗战时期,民族危亡,连江两度沦陷,敌机狂轰滥炸,把古道炸得百孔千疮。太保殿前,古榕参天,寇弹旧痕,依稀可辨,仿佛还在反思历史,教育令人勿忘国耻,圆梦中华,重塑自信。中华人民共和国成立后,古道几番修补,伤痕依旧。随着长马公路的修建,古道逐渐荒落,许多路段被山洪冲毁,荒草隐没,退出了历史舞台。古道沿线的有识之士,别有一番眷恋在心头,于是,挺身而出,集资修整了古道的石板路,沿途文物遗址得以保护,深受社会好评。

修复后的古道,悠然自得。道间多了小草,

路旁有了树木，平添了几分姿色。初夏明媚的阳光下，行走在原始朴拙的古道上，沿途神秘的水井塘、庄严的保民堂、崎岖的"百二阶"、阴森的水流湾、玄妙的章仙峰、孤寂的烽火台诸景观，连同古风依存的摩崖石刻、凉亭茶店、宫殿庙宇等文物，引申出一道独特而亮丽的风景线，泉声、鸟声、风声，以及人们的欢笑声，交融成悦耳的交响乐，寄寓一种宁静与超脱。

古道逶迤，峰回路转，伫立太保殿大古榕前，向古道的最东头远眺，正前方就是罗源湾可门港口，一艘艘隐隐约约的巨轮在海天中闪现，一列列运煤的火车经透堡穿梭往返，充溢着现代化气息。历史和现实，就这样和美地融合着，在不经意间向我们絮叨些什么？

石井观潮

洪少霖

人如潮,来来往往,起起落落;云如潮,荡于天际,朝暮飞扬;水为潮,潮去潮来,去留无意。事物如潮,得失不定,相遇是缘。石井物事如潮,在与不在,知与不知,见与不见,皆随缘。

一座庙宇耸立高处,比凡人更靠近天空、云彩。庙前有龙柱与憨态石狮,上有蓝底横匾,上书"郑成功庙",再上有竖匾,匾上有字"敕封延平王"。庙显高大威严,其中更有一代民族英雄的威武与正气。钟鼓高挂,铁塔静坐,八根镂空龙柱显现淡黄颜色。其主殿于2004年落成,五开间,四面环廊,双层建筑,三重檐,周边有绿植搭配,疏密有致,显现一片平和。该庙建成之后即成为众多海内外郑成功信众参观与敬奉之所。

2012年,由福建省道教协会副会长主持,两岸相关执事者联合为郑成功在该庙举行了封神大典，尊国姓爷为"忠孝英烈圣明仁德真君平夷镇海护国天尊"。封神仪式表达了不同一般的民间敬意，更向英雄学习其爱国精神、民族大义。

而今遗留下来的封典祭台，看上去有些形似古代烽火台，其面貌新颖。它台阶向上，为圆形，近有奇石高耸，上刻"封神台"。站在平台上可眺望远海，近旁有柱亭供游人品茗、谈天、说地。

沿着郑成功庙左侧行走数十米处，即郑成功纪念馆，是全国爱国主义教育示范基地，也是福建省爱国主义教育基地和国防教育基地。

该馆始办于1962年（郑成功收复台湾三百周年之际），初设于郑成功宗祠内。新馆由爱乡人士吕振万、余新河先生捐资而建，系三进宫殿式建筑。它同样依山傍海，周围花木草地掩映，空气清新宜人。在后殿眺望，视线清晰时，可见金门岛、角屿岛、小嶝岛、大陌和小陌岛等诸岛屿之轮廓。泉南海岛的亮丽景色，引人遐想。那金门岛，曾是当年郑成功屯师之处，他在那儿出师北伐、挥师东渡的景象早已不在，但伫立于此怀想英雄壮举，却仍能令人热血澎湃、激情涌动。

郑成功纪念馆内，文物、展品丰富多样，游览者从中可以感受到不同时代的别样豪情。铁与血的碰撞，民族大义的傲然，岁月不同的风情，在纪念馆内皆可感受得到。

荷兰殖民者占据台湾的时间，与郑成功的年龄一样，正巧都是三十八年。郑成功在清顺治十八年登上台湾岛，但隔年即积劳成疾而逝。为了收复台湾他耗尽了一生的才华，包括自己的生命。

他八岁通晓四书五经，十二岁读尽《春秋》《左传》。顺治二年，南明动荡不安，隆武帝诏见郑成功问之："江山危矣！你何从我乎？"郑成功道："臣爱国厚恩，愿以一死报陛下。"帝见郑成功气宇轩昂，言语明朗，甚惜之，便赐其国姓"朱"，因而郑成功又被称为"国姓爷"。那一年，郑成功才二十二岁，但他却一诺千金，即使在那明朝最为危难之际，也毅然义无反顾地践行自己的诺言，甚至与自己的父亲划清界限、与曾经的恩师分道扬镳。这其中，他的心可有多少痛苦，他坚定意志的背后又是何其伤感！

郑成功为了实现自己的承诺，为了心中忠贞不渝的意志，为了报答母亲的厚爱，保持了自己鲜明的个性。他以自己的光辉行动成了许多人心中真正的英雄，才得到了民间无数信徒的敬仰。郑成功临终前长叹："自国家飘零以来，枕戈泣血十有六年。今日屏迹遐荒，遽捐人世，忠孝两亏，死不瞑目。天乎！天乎！何使孤臣至于此极也？吾有何面目见先帝于地下！"

郑成功的忠烈不言而喻，以其才华，如果能让自己生命的长度延伸得远一些，相信定然还可以做出更多的丰功伟绩。然而，命运的过程有着太多不可预测。终究，他带着自己对隆武帝的一句承诺，郁郁而终，这是他一生中巨大的遗憾！

郑成功纪念馆的左侧有一座郑成功碑廊，系南安侨胞吕振万、李成义先生捐建而成。碑廊两厢墙壁上嵌有我国党政军领导、社会各界名人及海外名人志士题词的石碑。其中包括有郭沫若、李德生、叶飞、王汉斌、李铁映、陈光毅、贾庆林、全国书法协会原主席沈鹏、画界泰斗刘海粟和各省市书画界名人,以及美国、日本、菲律宾、德国、新加坡等数十个国家的国际友人为郑成功题写的诗词字句。从碑刻中可见人们对郑成功的敬仰与崇拜,对郑成功民族大义精神的肯定、挖掘与传播。

郑成功碑林的大门很雄伟,为闽南传统风格,顶上有双龙戏珠,两边对联为"养心莫善寡欲,至乐无如读书""开辟荆榛千秋功业,驱除荷虏一代英雄"。进入其中,中间用石板铺就。向上的台阶,两边青草花树安然。三面围墙下为碑廊,大小不同的石碑镶嵌其中,给人肃穆之感。历史无言,但那每一块石碑皆为历史的定格、时代的见证、思想的融汇、精神与品德的提炼、郑成功精神的传承。

郑成功纪念馆下方百米左右为延平王祠(又名延平郡王祠)。它原为石井郑氏家庙、郑氏大宗祠,当地人们为了缅怀郑成功的威风雄烈,将其名改为延平王祠。其结构为三开间,硬山顶,东西两边配置护厝。

该祠始建于明代中期,清康熙三十八年和1987年,曾两度大修。祠内匾额中最为醒目的有正中的"威风雄烈",两旁的"三圭世锡""忠臣""孝子"等康熙御赐诸匾,官阶总录及名人题赠的楹联等。再次修复之后,祠中墙壁石构柱镌刻的对联中,保留着一对康熙御赐郑成功骸骨迁葬故里时所赐之挽联,联曰:"四镇多贰心,两岛屯师敢向东南争半壁;诸王无寸土,一隅抗志方知海外有孤忠。"此联令所读之人为郑成功的义举而感慨,一字"敢",一词"孤忠",里面饱含着巨大的毅力与朝代更迭巨大的沧桑。清朝政权作为明将郑成功的敌对势力,却给予郑成功如此评价,而没有让人感觉出做作与吹捧之感,令人唏嘘。

延平王祠内挂有石井郑氏始祖郑隐石画像,大厅正中供奉着郑成功金身塑像,塑像前常有人点香敬奉。郑成功的塑像端正、微胖,透过香燃起时的烟雾去看他,显得神秘,使人自然而然心生敬畏。古香古色的祠堂内,塑像下的百姓们皆有虔诚之心,塑像内凝聚着非凡、崇高的精神。

目前的延平王祠为世界郑氏宗亲祭奠英灵的活动中心之一,从20世纪80年代末开始,即是海内外各方人士缅怀凭吊民族英雄郑成功的重要场所。

石井马江东岸,白鹤山东麓,有一海上视师石。其石阴刻"海上视师"四个大字,字迹清晰,苍劲有力,为明代中期泉州知府程秀民所题。三百多年前,马江沿岸诸镇驻扎着数量众多的郑氏水师将士,他们利用马江进行水上演练。许多时候,郑成功就站在那一块石头上,检阅视察或指挥操练马江上的郑氏水师。

而今的海上视师石周边高楼林立,海岸线已退缩至数十米之外。然而,不难想象,当年潮水漫至该石,海风或徐徐而来,或奔涌而至,英雄郑成功站在石上,随着他的号令,马江上水师操练出不同军阵,军士的呼喊在历史的水面、天空回荡。那些时候,郑成功的目光遥望到很远的地方,那些地方有对明帝的忠贞,有对大海的征服,有驱荷的理想与决心,更有民族意志的坚守,或许还会穿越时光,漫延至对未来的遐想与祈盼。

近三百年历史的古建筑"中宪第",又名"九十九间厝"。实际上它拥有一百一十二间居室,其名只是因不愿出头招来封建制度的压制,当时闽南所有超大型古建筑皆把名称或实物限制在九十九间之内。

中宪第白石红砖围墙,主体建筑为五进宫殿式建筑,附设书院、演武厅、梳妆楼及花园,至今整体结构依然保存完好。

中宪第为石井郑民十四世郑运锦兴建,郑成功系郑民十二世孙。郑运锦出生于康熙三十七年,卒于清乾隆三十年,为清朝时期著名海商。传说,其早年家贫,因受富户欺凌而离乡至厦门给一海商雇为用人。他诚实、干练、力大、识水性,由此令海商赏识,从而派其出海进行贸易,独当一面。他经营有方,使海商得大利益而大喜。有一年夏季,他旗下的五船大麦不幸发芽,却适逢海南瘟疫急需麦芽治病,因而他没有受到损失反而得到巨利,海商为此再次大喜,从而赏他大笔钱财。郑运锦从那时开始自置船队,独自经商于台、厦之间。同时，他于台湾彰化县鹿港开设"勃兴行"，经营土产、米、糖等生意。

民间传说，彰化县令朱山（浙江人）为赈济贫民，动用国库白银万两，致使国库缺空，任满时尚无法补缺，又因其性耿直，得罪了钦差督察官，钦差硬要查清国库，想以此整治朱山。郑运锦悉知，慨然以万两白银资助素不相识的朱山，朱山因此被从轻处置，罢官返乡。三年后，皇室澄清朱山罪名，委其任台湾知府。朱山为报答郑运锦的厚恩，下令凡"勃兴行"商船入港，一律方便放行。郑运锦因此成为台湾岛赫赫有名的巨富。

郑运锦之子继承父志，热心公益，修桥造路，办学救灾，善事屡举，深受闽南各地与台湾百姓爱戴。清廷因郑家功绩，其长子郑汝成由贡监授州司马加五级，诰封中宪大夫，荫及三代。

郑汝成便在其父所建的府邸中挂上了"中宪第"巨匾，从而延续至今。

据传，中宪第厅堂的梁柱、门扇花窗、嵌壁雕屏和厅前石阶，大多采用台湾的杉木、柏木和辉绿石。整座建筑历时数十年时间才最终完成。府第落成之日，台湾知府派人送来"恩伦世宠"匾额，并将彰化县鹿港改为"勃兴港"，把街道命名为"勃兴街"。乾隆皇帝御笔画赠"桃园三结义"图一幅，并于厝前大石庭之左侧设立一块"下马牌"，以示恩泽。

中宪第是一代闽商留给历史的见证，佐证着"诚信为先，利义兼得"的闽商精神的传承。

石井：郑成功故里

郑剑文

我的故乡石井位于福建东南沿海最南端，距金门仅六海里，"得鳌山之钟秀，摄东海之雄威"，是一个掩映在相思林中的海滨小镇。石井三面依山，一面临海，古时周边有十二峰，地势皆向村中倾斜，远望宛如燕子归巢。远眺有杨子山、覆鼎山、灵源山，三山拱卫似幛；近观有鳌石山、白鹤山、烟楼山，三峰绵延成环。白鹤山下临海处曾有两块巨石屹然而立，石下有井，深不盈尺，海潮涨时，井水中溢，潮退而水淡，水甘而清冽，取之不涸，乃天然石井也，乡人奇之，故呼为"石井"。

石井古地宋设有"石井津"，置"巡检司"；明建"靖海寨"，筑"烟墩铳城"。这几个名字都与大海密切相关。是的，自北宋开始石井就是中国东南沿海的一个海防要塞。早在宋时，海湾东端设有一处停泊码头,船只在这里抛锚,又从这里扬帆。

石井五马江是南安市唯一的出海口,也是闽东南海峡西岸的海上对外交通要冲。石井东隔马江毗邻晋江东石,南临浯江遥对金门,西连龟山与厦门翔安巷东接壤,北与水头交界。

宋理学家朱熹曾在石井杨子山办"杨子书院",故有"理学渊源开石井"之誉。有一天朱熹登上白鹤山,他仰望杨子山气势雄浑,有独领风骚之韵,俯瞰五马江波涛汹涌,有千军万马之势,便欣然题下"海上视师"。如今这四个大字就镌刻在白鹤山下的巨石上,巨石上面竖着一块风化斑驳的碑刻,上书"石井"两字。传说明朝初期,江夏侯周德兴接朱元璋的密旨,到东南沿海查察是否有威胁大明江山的"孽穴",有则破之。当他登上石井白鹤山,见五马江犹如巨龙蟠伏东海之滨,杨子山又似猛虎雄踞泉南大地,心中暗忖:"龙势沸腾,山环相顾,水潮而有信,旗鼓而显要,乃印剑生成之地也。"如此龙盘虎踞之地,是否会危及明室安危?如何断破此"孽穴",周德兴犹豫不决。此时,一人说,只需稍作改变,或许日后能出辅佐明室的贵人。周德兴含笑默许,欣然写下了"石井"两字,让人刻成碑石插立在巨石之上,算是破了"孽穴"。

两百年后,当石井郑氏家族的船队如蛟龙出海,叱咤风云,雄霸一方,扫荡了海贼,驱逐了荷夷,撼动了朝廷,直至敢与清政府"分庭抗礼"、争半壁江山的时候,人们似乎才想起了那个传说。原来,此"孽穴"虽不能出龙子,却也出了王侯,还是扶明室于飘摇之间的"延平郡王"!

石井是民族英雄郑成功的故乡。

在石井北面鳌石山下有一座明清时期的古建筑,那就是延平郡王祠。王祠既是我们石井郑氏家族的祖祠,又是祭祀民族英雄郑成功的专祠。古祠简朴大方,那站立在古祠石埕上的几排空荡荡的旗杆,似乎在秋风中诉说着一段曾经的辉煌,那悬挂在古祠梁柱上的"三世五爵""威风雄烈""忠臣"等几方古旧牌匾仿佛在注释着一段家族的历史,即便是古祠旁边斜放着的几段残碑也显示着古祠的不同寻常。是的,从那发黄的族谱及那残缺的碑文间，我读到了一个带有浓厚大海气息的家族兴衰史。

唐光启年间，石井郑氏一世祖隐石公从河南荥阳迁徙南下，散居于杨子山下、石井海边。从此这个家族便与大海结下了不解之缘，族人大多沿海而居，讨海为生。石井郑氏家族传到郑芝龙时已是第十一世，他便是郑成功的父亲。郑芝龙很早就有"无海即无家"的思想，少年时他携其弟芝虎、芝豹漂洋过海到澳门投奔他的母舅黄程，开始了自己的海上创业。他在海上建立集武装与贸易于一身的郑氏集团，深谙"据险控厄，通洋裕国"的海国理念。经济上，他不仅与南洋诸国有海上贸易，还与日本、荷兰、西班牙、葡萄牙等国保持商贸往来，甚至一度垄断了中国的海外贸易。武力上，郑氏集团凭借着坚强的经济后盾，极力扩张海上势力，最终成为雄踞中国海域最大的亦商亦盗的武装集团。

延平郡王祠是在清康熙年间敕建的。康熙元年，收复台湾仅一年的郑成功病殁于台湾。清康熙三十八年，康熙皇帝恩准郑克塽迁其祖郑成功及其父郑经的灵柩归葬水头覆船山。不知是郑成功对前朝的忠烈感动了皇帝,或是皇帝要趁此展示他的宽宏大量,康熙特地为石井延平郡王祠写了副对联:"四镇多贰心,两岛屯师敢向东南争半壁;诸王无寸土,一隅抗志方知海外有孤忠。"康熙站在历史的高度,不褒不贬地评价了一个想反清复明的前朝遗臣,也确实体现了一代君王的非凡气度。这副对联如今就镌刻在石井延平郡王祠大殿的石柱上,为简朴的祠堂添上了绚丽的一笔,也慰藉了历来行事低调的郑氏族人的心。祠堂前临马江,后枕鳌山,"大江汇于前,杨山插于后",风光奇秀却不事雕琢。我家的族谱上写着"只求上祖有一椽之栖"而已,透着一些无奈、一些感慨。

石井延平郡王祠曾几度兴废。古祠前身系石井郑氏宗祠,明朝曾被倭寇所毁;清初"海禁"时遭朝廷焚烧,光绪年间重建并改称"延平郡王祠";解放战争时又毁于炮火,荒废数载后于1987年后重修。我的父亲生前曾在王祠里负责一段时间的日常事务,他每天清晨的第一件事就是在郑成功神像前点燃三炷香以慰先祖。是的,在故乡及台湾的人民心中,很多人更愿意把郑成功当神奉祀。如今,在台湾奉祀郑成功的祠庙达两百多座。我想,把郑成功奉上神坛,或许更能表达人们最为朴素直接的崇敬之情。

至今已有三百多年历史的延平郡王祠坐南朝北,有前殿、后殿共二进,辅以东西廊庑相贯联。殿皆硬山顶,金黄筒瓦绿剪边,结构严整又不失精巧。祠堂前立照墙,间筑有石砌大平台,气宇不凡,犹有王者余威。殿内置一精镂神龛,涂金描彩,富丽堂皇。龛内奉祀着这位赐"国姓朱"、授"招讨大将军"、封"延平郡王"的郑成功的画像,工笔描绘,造像传神,是乡梓故人尊崇其英雄业绩而刻意造设,以祭其生平不朽功勋。如今,台湾所有尊奉郑成功的庙宇及各地郑氏宗亲会,都视石井"延平郡王祠"为郑氏祖祠发源地。

在石井旧街还有一座规模宏大的清代古建筑,这座古建筑因大海的恩赐而兴起,演绎着泉州海上贸易史的一段传奇,也记录着闽台血浓于水的一段情缘。这座具有传奇色彩的古建筑就是中宪第。

中宪第拥有一百一十二间房,是一座五进五落的清代古建筑。"出砖入石燕尾脊,雕梁画栋皇宫起",说的就是中宪第般的富丽堂皇。这座建筑自南向北坐落在石井鳌峰山与五马江之间,远远看去整座建筑飞檐翘脊,红砖白石,规模宏大,宛如一座深深的宫殿。因此,人们习惯把中宪第称为"大厝内"。这称谓是有点俗气,但也形象地道出了古厝之"大"。

这座古大厝,有着一段属于大海的传奇故事。古大厝的建造者叫郑运锦,清康熙三十七年,他出生在石井海边一渔民人家。为了生存,年少的他就随做海上贸易的族人在风浪里颠簸打拼着。在一个多风的夏季,他押着商船满载着大麦前往台湾,海上突遇台风来袭,大雨挟着浪花把船上的大麦淋湿了,大麦泡水发芽。那时,台湾全岛发生时疫,据说麦芽有防病功效。郑运锦的商船一靠岸,当地人如遇救星一般欢迎他,他的几船发了芽的小麦救了台湾许多感染瘟疫的人。因为那次风浪,郑运锦因祸得福,意外地挖到第一桶金。

发迹后的郑运锦在台湾彰化鹿港开设"勃兴行"继续从事海上贸易。因他仗义疏财,诚实守信,深受台湾百姓的赞誉,商行迅速发展起来,商船频繁地往返于厦门与鹿港之间。据说,两地的官府对他也是大力扶持,凡是插有"勃兴号"旗号的商船,一律不必检查纳税,许多商号的商船也纷纷向他交纳酬金,以他的旗号经营海上贸易,于是,"勃兴行"很快成为蜚声海峡两岸的大商号之一。

清雍正六年,郑运锦开始在故乡建造家园。中宪第历时数十年才竣工,主体为五进宫殿式建筑,附设书院、演武厅、梳妆楼及花园。府第雕梁画栋,极尽考究,梁柱雕屏很多是由台湾名贵杉木和楠木制作的,不少门窗构件也为台湾青草石雕琢而成。府宅落成之日,台湾知府朱山派人专程送来"恩伦世宠"的匾额以示庆贺,并将彰化鹿港改为"勃兴港",彰化街改为"勃兴街"。郑运绵终于衣锦还乡、风光无限了,但不管怎样,他仍是一介平民,虽然他的宅院美轮美奂、富丽堂皇,但官邸与民宅是有严格区分的,依清制，当时民房都不可超过百间，为避嫌，中宪第佯称"九十九间"。郑运锦又花费巨资，并经多方周旋，朝廷才以其乐善好施为名，诰赠郑运锦为"中宪大夫"，算是拿钱博得一虚衔，"中宪第"由此而得名。

20世纪70年代中宪第西边的书院及演武厅改作小学校址，我有幸在那里读过两年小学。中宪第双侧各有一排护廊，穿过西边的一条石构曲桥可通后花园。园中有个月亮潭，潭边有一小楼临水而立。那小楼又叫"梳妆楼"，是小姐读书之处。读书的时候，我爱在桥边玩耍，每看到那深闭的闺门，总能生出一些不着边际的幽思来。最西边便是演武厅及书院，那里曾点缀着一些水榭亭阁，颇富情调，"文革"期间被除去了。记得演武厅后面有一个荒芜的花园，那假山、曲桥、鱼池，虽然大致保存完好，但是无人修整，杂草丛生。不久前，从演武厅前路过，才发现那曾被用作教室的演武厅已成了一个小型加工厂，那座书院的一边墙体也已倒塌，有几条刻有字迹的石柱斜卧在废墟中。月亮潭仍旧在那个寂寞角落里，只是已瘦成了一泓弯月，让人徒生几分岁月的沧桑。

中宪第前门曾有一个宽大的石埕，石埕前立一堵高高的照墙，据说早些时候大门边还有一块下马石，足见当时郑家之显赫地位。那时，站在中宪第门前，前有蓝蓝的五马江为带，后有青青的鳌石山为屏，可谓占尽地利。清初，清政府为了压制郑成功的势力，在沿海一带厉行禁海迁界，石井的一些建筑，包括郑氏宗祠、郑成功故居，几乎都被焚毁一空。数十年后，中宪第在这一片荒芜的废墟上矗立起来，且又那么气势恢宏，似乎在极力地证明一些什么。

后来，中宪第前面的大石埕成了小镇的农贸集市，市井的喧嚣打破了古厝的宁静。再后来，镇区改造建设，那个宽大的石埕被改成水泥大道，高高的照墙也被拆除了，一排排楼房远远地隔开了古厝与大海。如今，中宪第就隐身于高楼大厦之中，站在古厝前面已经看不到大海，也听不到涛声了。

两百多年，在历史长河中只是一个瞬间，古

厝却已换了几代主人。据说郑运锦的后裔大多迁往台湾及东南亚一带，仅台湾一地就有数百人之多，如今居住在中宪第的郑运锦的后代已经不多，古厝的大部分房子都租给了外来民工。那天，我独自走进中宪第，古厝内的雕刻及设施大多面目全非，原有的一些文化痕迹或许被人视为不合时宜也被装修一新。有几只家犬眼睛露着青光在我跟前逡巡着，并不时狂吠几声，以示我是一个不受欢迎的人。

走出中宪第，我心里有些低落，为一座冷寂的古大厝叹息。我希望，这座凝聚着泉台两地密切关系的古建筑能够早日重焕光彩。

夕阳下，我登上了故乡鳌石山上的延平亭，迎着秋风，远眺大海，涛声雷动，远处杨子山与五马江尽在一片烟波浩渺之中，而近处的郑成功纪念馆、郑成功碑林、郑成功庙也掩映在茂密的相思林中，而此时满山遍野的相思花正开成黄澄澄的一片，似乎在怀念故乡石井那些与大海相关的前尘往事。

贡川的建筑文化

朱昌颜

早就听说贡川是个远近闻名的古镇,但一直没有机会去看看。

笋帮公栈、会清桥、正顺庙、临水宫、七星古井、进士巷、姜氏宗祠、古城墙、陈氏大宗祠……虽然有了文字和图片的先入为主,但当我走近这些古迹的时候,还是深深地被这些历史悠久、雕梁画栋、精美华丽的建筑所吸引。

贡川始建于唐代,唐开元二十九年,大唐王朝的御史中丞陈雍携子定居于今贡川新发冲后,建屋构楼、开荒辟田、繁衍生息,在岁月变迁中吸引了姜、严、邢、李等众多不同姓氏的家族聚居于此,促进了贡川的繁荣发展。从古到今这片神奇的土地养育出了许多杰出的文人名士,同时也形成了不同时期多元化的建筑风格,贡川因而被誉为"闽中文化重镇"。

贡川古建筑大多由石材和木材结合建造，石为础，木为构，厚重古朴，饰以雕刻绘画，相得益彰。如建造于明末清初的会清桥，桥身、桥拱和桥面由丹霞石块砌成，厚重敦实；木构廊屋，两侧门楼飞檐翘角，屋脊有鸱吻（飞鱼）造型，轻盈纤巧；廊桥中间突出单檐歇山式的楼阁，廊屋内木梁斗拱形式多样，精致古朴。又如正顺庙、临水宫及宗祠等建筑，大门、石阶多以花岗岩等石材建造，恢宏大气，古朴庄重，屋宇则是木质结构，飞檐斗拱，雕梁画栋。

贡川古建筑的装饰，最突出的是雕刻艺术。贡川古建筑的装饰雕刻工艺，手法上以浮雕、透雕、镂空雕为主；材质主要是木头，大多数是杉木，少量楮木、香樟，也有石头和砖头；内容造型上主要以富有吉祥寓意的象征事物为主，有的简洁大方，有的精细繁复。如鸡与"吉"谐音，鸡与如意纹雕刻一起，代表"吉祥如意"；莲花和鱼雕在一起，代表"年年有余"；"鹿鹤同春""封（蜂）侯（猴）挂印""五福（蝠）捧寿"等，都是通过动物、花草、祥瑞的造型，寄托人们对美好生活的向往。

贡川古建筑的雕刻艺术在布局上有着鲜明的特点。人们充分利用一切可以利用的部位进行雕刻装饰,不但在民宅的斗拱、梁架、雀替、门楣、走廊等处必有,在门框、窗棂、门墩、栏杆、座墩、石桩等细小之处,也雕琢图案,使建筑物显得精美华丽。如屋檐下的斗拱大多以云纹和如意纹为主,造型粗犷豪放,显得大气庄严,室内斗以花卉、动物、吉祥纹为主,雕工精细雅致。雕工最精巧繁复的要数正厅梁柱上的镂雕,以及大厅立柱之间横木上的撑拱雕刻,一般以象征一年四季"春夏秋冬"的桃花、荷花、菊花、梅花为主,梁架上装饰有凤凰、鸟兽、葫芦、祥云、如意纹等。雀替的雕刻最寻常,也称"角花",有透雕和镂空雕,常见的有花草龙鱼、鸟雀麒麟等造型,也有琴棋书画。门楣是一座宅院的门面,贡川古建筑的门楣大多是石雕、砖雕,手法以浮雕为主,饰蝙蝠、仙鹤、喜上眉梢等,大气简洁,代表着人们的美好祈望。窗雕上古琴、围棋、笔墨、纸砚等造型多见,有的窗格子上还镶嵌着诗文和对联,体现了贡川人崇尚诗书的儒雅气息。

绘画装饰艺术也是贡川古建筑的一个特色,有壁画、藻井彩绘、门神等。其内容有色彩简素、造型古朴的水果花卉,有色彩艳丽、生动活泼的动物,还有雄壮威武的人物造型。壁画主要出现在庙宇宗祠之中。如今保存较完好的有正顺庙里的壁画。壁画绘制在正顺庙正厅两侧墙面上,水墨风格,分别是苍龙吐水、温顺的老虎、山水人文,笔法细腻灵动,意境悠然高远。陈氏大宗祠和临水宫的壁画是后来绘制的。陈氏大宗祠壁画表现的是九子十登科与一门双理学等典故,用一种视觉语言,形象化地诉说着家族的辉煌历史。藻井彩绘主要以正顺庙正厅与会清桥中间顶部藻井为代表,彩绘内容均为"双龙戏珠",色彩艳丽,栩栩如生。

由于历史变迁,贡川镇上许多珍贵的古建筑被人为或自然的原因所破坏,有的几经修复得以保存,有的已经损毁,破败不堪,甚至不复存在。

如今，站在会清桥上，望着一泓碧水，极力想象着原来称之为"贡堡"的古镇之繁华，心中有一股无法穿越的痛惜。

古韵悠悠话贡川

火 山

人们都说，先有贡川，后有永安，可见贡川在永安的地位非同一般。永安的历史不长，设县于明景泰三年，而贡川早在唐开元二十四年就有了文字记载。

贡川给外人的第一印象就是"古"，古砖古巷古渡口，古宅古庙古城墙。

贡川最令人称道的文物是会清桥，此桥为石拱桥，架在胡贡溪与沙溪的交汇处。浑浊的胡贡溪一出会清桥，就汇入清澈奔腾的沙溪，以浊会清，故名"会清桥"。桥基用沙砾岩石砌成，桥身建有廊屋。屋檐下有两翼伸展的风雨挡板，所以又称"风雨桥"。桥的门和屋脊上有飞鱼造型，廊屋内木梁斗拱形式多样。桥中间神龛内供奉着玄武大帝，每年农历三月初三，人们常在这里祭拜水神，祈盼一年风调雨顺、五谷丰登。桥面的石块凹凸不平，既因岁月风雨的侵蚀，也是几百年来人们脚踏鞋磨的结果，给人以极其沧桑的感觉。艺术家，特别是诗人和画家到此，大多灵感迸发，文思泉涌。贡川保存着相当规模的明代古城墙，古城墙绕贡川城一周，底部均用青砖筑成，砖上刻有"贡川""贡堡"字样，故贡川城墙又称"贡堡"。此外，城砖还刻有"黄瑞四"等烧制工匠的名字，以防挪为他用并确保质量。城墙内外路基各设马道以方便村民通行。城墙东面就是沙溪河，依稀可以看到古代码头的旧迹。贡川还有一处笋帮公栈，里面的公平石标志着永安古代商人所崇尚和追求的商业准则，也是永安当时笋竹行业发达的象征。

贡川宗庙祠堂很多，在一个小镇上集中了十几座古代宗祠，比较著名的有陈氏大宗祠、姜氏宗祠、严氏祖祠、邢氏家祠、李氏家祠、聂氏家祠、刘氏家祠、杨氏家祠等，其中陈氏大宗祠在省内外影响最大。这座明代建筑是一座纪念祠，供奉的是唐代入闽陈氏始祖陈雍。陈雍在唐代是六朝老臣，当过御史中丞，后裔上百万，分布福建、浙江、江西、广东、海南、四川等省和台、港、澳地区，远涉日本、越南、新加坡、菲律宾、美国、印尼等国。蒋介石、陈仪、陈肇英、陈丕显等都为陈氏大宗祠题过辞。贡川的宗祠，造型典雅，结构厚实，雕梁画栋，工艺独特，具有很高的文化价值。

贡川历史上名人众多，包括陈雍、张若谷、陈世卿、陈俏、陈瑾、陈渊、邓肃、林腾蛟、严九岳、罗明祖、杨表正、罗南星、聂儆、邱坦、聂大勋、刘德骥、李宝焌等，他们大多为国家和社会做出过杰出贡献，或有著作行世，其著述范围广泛涉及经学、哲学、史学、文学、政治、经济、伦理、教育诸方面。他们的事功气节，亦大多堪为后世楷模。

陈雍定居贡川以后，不仅将北方先进的农耕技术带到了南方，而且在贡川开门办学，进行文化传播，后代才有"九子十登科"的美名，还出现了陈瑾、陈渊这样的大儒，宋高宗为此赐贡川名"大儒里"。陈家祖训"事亲以孝、事君以忠、为吏以廉、立身以学"，也体现了中华传统的价值观和行为准则。

宋代进士张若谷在巴州当军事推官的时候，为保境安民立下大功，还在中国历史上首次推行纸币，促进了西南经济的发展。他自己则清正廉洁，所到之处都留下好名声，后来官至尚书左丞。

明代的杨表正是公认的闽派古琴大师，著有《琴谱大全》，其至今仍是学习古琴的重要教材。

李宝焌名气很大，作为我国第一代航空先驱，他写的《研究飞行机报告》是我国第一篇航空论文。

如今，贡川的科技、文化、教育、卫生事业有了长足的进步，各项软硬件设施都赶上了城市水平，渐渐成为三明和永安之间的一个闪光连接点。

古韵悠悠的贡川，又站在了新的历史起点上。

适中，中国的适中

邱德昌

上了年纪的老一辈适中人说，适中是厦门的适中；在厦门的适中人说，适中是中国的适中。

适中只是龙岩市新罗区的一个镇，位于漳州南靖县及龙岩永定区、漳平市交界处，称闽西南大门，一座海拔一千五百多米的高山屏障坂寮岭，将漳州平原与闽西南山区相隔。

说适中是厦门的适中，将适中游离于龙岩和漳州外，这是因为这个镇的经济一度为闽西南之最，明清时这块肥沃土地上大量种植烟叶，其条丝烟走俏全国，商号林立，一如永定之抚市，过去适中商家在海外留下的邮址只写中国厦门适中即可。适中空前繁华，遂有三百多座土楼的恢宏问世，即使到了现在，适中尚存的方土楼仍有两百二十八座。此地乡镇企业蓬勃生机，经济上与厦门特区经济圈接轨。所以说，适中是厦门的适中。

说适中是中国的适中又有什么道理呢？这个镇的世遗级土楼数量之多，为镇一级的世界之最。这个镇宋代建起的土楼有中溪村的福宁楼，保丰村的隆安楼，中心村的红土楼、西亨楼、古丰楼，仁和村的绵庆楼，一个镇同时拥有如此众多宋代土楼，为世界之最也，比邻居永定、华安、南靖、平和多出许多。仁和村的庆云楼，清康熙十一年建成，五层，是福建现存最高方形土楼之一。适中土楼有一个太史第，这也是闽西唯一的太史第，位于适中中溪村，是清代翰林谢若潮在江西为官时所建。闽西南土楼多为商人富庶的标志，适中太史第，也让闽西读书人荣耀一世。这也印证了：适中的土楼不全是条丝烟托起的，也是有深厚的文化内蕴的。

说起适中或适中土楼文化，得从文明塔和魁楼说起。

朱熹是中国继孔子、孟子之后的又一儒学大师，他承前启后，将儒家之道修臻完善，成为国家统治之策，故其功可与孔子平起平坐，称朱子。宋绍熙年间，他任漳州知府时，闽西还是处于混沌不化之时，龙岩县隶属漳州府管辖。朱熹为龙岩的文化教育着急啊，便亲自到适中考察讲学，树文明塔与魁楼，倡导儒学，并写有《龙岩学宫记》《劝农书》等。他见适中镇这个小盆地形如船，便提议在"船头处"，即今天仁和村荒坪山上建了一座高十三层的土塔，亲自书写"文明塔"三字榜书刻其拱顶立碑（现存之字是否为朱熹所书，尚在争议）；又于镇内建书院，院内建魁楼，楼门与塔，连成一条直线，正好构成适中镇正南正北一条直线，不偏不倚，左右适中。文明塔和魁楼一建，适中人才辈出。单明清时期，这个镇就出了八位进士。适中书院之多，亦为一奇，有崇文书院、大中书院、复性书院等。其他家族式书斋林立，如"一方居""如斯斋""谦谦""瞿英"等书斋，成为适中家庭教育的良好书堂。适中每座土楼，必设文馆，称"一楼一屋一书斋"。诗社也遍地开花，引来邻县的永定、南靖的诗人们前来交流，如文明社、聚奎社、恒升诗社、消闲诗社等。有一个佳话，至今还挂在适中人嘴里：1930年，民国海军上将萨镇冰在适中宴请全乡知识分子，并开展赋诗唱和活动，成为闽西文坛轰动之盛事。适中文人辈出，清代出了神童林希尹、钦点翰林谢伯翘，民主革命时间涌现了革命烈士谢景德、谢宝萱和红军长征女杰谢小梅，当代出了中科院院士、水稻专家谢华安，书法家、厦门市文联主席谢澄光等。朱熹不仅开启了适中智慧之光，也推进了闽西文明进展。他进入闽西后，多次到汀州讲学，并派得意弟子在汀州书院任课，从此闽西文风大盛。如今这两座宋代古建，保存完好，可惜塔只存九层，如插在高山之巅飘扬的旗帜，引领适中文明航行八百年！这八百年的适中文明史，代代可歌可泣。

稍后于朱熹进入适中的一位大人物，是宋末状元宰相文天祥，这位被称为中国知识分子典范的民族英雄在适中屯兵抗元，留下一段佳话和众多遗址。文天祥受命于宋室存亡危难之际，起兵赣州，后北上与元军谈判时被扣留。相机逃脱后，宋少帝已退至福州，他遂南下总管军下兵马于南剑州（今南平），兵退到龙岩，屯兵两个多月,本欲率军过适中坂寮岭,取漳州,不料为风雪所阻,遂转攻取梅州。文天祥曾率大军进驻适中,适中今还存留文天祥国公桥、丞相垒、待御桥等。清乾隆年间适中神童林希尹有诗最为传诵:

当年丞相过桥东,战马萧萧满路风。

万古人间留壮烈,百年溪水泣英雄。

伤心荒径碑犹在,极目寒山事已空。

怀古不堪回首望,冷烟衰草夕阳红。

文天祥率大军驻适中,一些老弱伤员留了下来开基创业,这个镇的望族谢氏的祖先,即是这个时期留下繁衍生息的。文天祥正气一生,为民族、为国家舍生取义的忠义之举,影响了适中的一批仁人志士。第一次国内革命战争和第二次国内革命战争时期,适中镇涌现了闽西最早觉醒的一批知识分子,如20世纪20年代中共福建省委早期领导人、省委组织部部长谢景德,促进国共合作的抗日志士谢再发,红军长征女杰谢小梅等。他们的民族大义、内心信仰是一脉相承的。

说到信仰,适中还有一个奇特现象,就是当地盛行的列为福建省非物质文化遗产名录的盂兰盆会。"盂兰盆会"是梵文音译,意译"救倒悬",是佛教徒为追念祖先所举行的传统仪式。据明万历年间《白云堂公田记》记载:"龙坪白云堂由自有宋嘉定间选甲岁庸建盂兰盆会三载。"与其他地区的盂兰盆会不同,适中的有三个特点:一是活动的时间由中元(七月十五)改在每年的下元(十月十五),俗称"十月半"。因为这个时间,全年的农事结束了,一年的辛苦有了结果,正是祭祀神灵、庆祝丰收、展望未来的最好时节。二是十年三庆,即每逢天干甲年开始,连续举办三年这样的活动,然后休整七年。三是盛会有个最高主神——"圣王公"。圣王公的神像安置在白云堂正殿的右侧。据龙岩文化学者郭义山教授考证,他非佛非道,却被乡民拥戴为盂兰盆会的最高主宰和灵魂。这是其他地方的盛会所没有的。所谓"圣王公",实际上是适中先民的一种共同的精神图腾的化身,不是某个正式的历史人物。适中历来是多族姓聚居的地方,在封建家族为主体的封建社会里,不可能把某一族姓的祖先奉为全乡共同拥戴的神主。只是由于当时的乡村社区实行自治，不同族姓之间经常发生矛盾和纠纷，需要树立一个受人共同拥戴，为乡村社区解决矛盾、排除纠纷的地方性的神主。盂兰盆会期间，圣王公到乡间四大姓的行台出巡，各姓乡民必须隆重出迎，顶礼膜拜，并在本行台的聚会上重温乡规民约，过去有过节的乡民彼此必须主动抛弃前嫌、重归于好。据传朱熹知漳州府时，举荐建白云堂，引导村民将东晋时保住半壁江山的谢安奉为公王之一祭祀。

白云堂是祭祀中心。白云堂，初建于唐，历代有重修，又有一位大人物，为白云堂写过诗存世，他就是名冠古今的明代思想家、文学家、军事家王阳明。他是浙江余姚人，著有《传习录》等重要的著作，是儒家心性学说的集大成者。他倡导"知行合一"的观念，至今仍有其很强的现实意义。明正德十二年，福建平和等地爆发民乱，王阳明平定平和之乱时，参观过适中的白云堂，并写了一首诗，题目就叫《白云堂》：

白云僧舍市桥东，别院回廊小径通。

岁古檐松存独干，春还庭竹发新丛。

晴窗暗映群峰雪，清梵长飘高阁风。

迁客从来甘寂寞，青鞋时过月明中。

此诗收录在《王阳明集》卷内，也刻在白云堂内的石碑上，诗中透露出其在困境中的乐观精神。此时，他是受命平叛，但他却十分同情被生活无奈逼上梁山的穷苦百姓，所以他采取安抚的方式，平息了各地之乱，得到了当时百姓的拥戴，也得到了历史的高度评价。龙岩知县吴守忠应该从王阳明的"心学"中学习领会到不少仁爱思想。数十年后，他任龙岩知县时，一批送往京城的贡品在适中被劫，朝廷震怒，欲兵剿适中。大难来临，适中有绅士写状申辩，状词中有一句"贼人随抢随散"。吴守忠思量再三，认为强盗"随抢随散"必然散居附近民间，正合朝廷剿灭之理，便改之"随抢随去"，说明这是过路强盗所为，与本地无关。朝廷此后果然没发兵进剿。一字之差，却解除了适中一场浩劫，于是适中人便立吴公祠以纪念这位爱民亲民的好官。

从白云堂我们看到了适中人从信仰中汲取的智慧与力量。从一些数据中，我吃了一惊，适中这个弹丸之地，竟然有各类寺庙七十处，三夫人、八仙、盘古、财神、文昌、五显、哪吒太子、观音、释迦牟尼、妈祖、陈真、三圣公、正顺王、宝生大帝、定光佛、五谷仙、关帝、药王、吴公、护国大王、骑龙仙妈等，可谓集闽西、闽南信仰之大全。

至此，我突然发现，适中的文化灵魂或称文化的源头，可梳理出为朱熹、文天祥和白云堂这三者也。多少年了，那些人，那些事，深深地沉淀在这块厚实的土地，滋养着这方水土。而那些洋洋大观的近三百间土楼，在传统文化渐行渐远的时候，骄傲地告诉我们：在这块大地上，还有我们，还有这里，是中国式的经典，是中国式的家园。难怪 20 世纪 90 年代，诗人、画家、建筑泰斗陈从周教授诗兴大发，赞叹道：

仿佛仙山入梦初，自怜老眼未模糊。

流风已随宋元去，如此楼台岂易图。

如此仙山，如此楼台！引得这位才华横溢的大才子如此动情。适中，中国的适中！信乎！

走读旗人八卦村

李建珍

每次搭乘从琅岐返回福州的长途车，经过长乐洋屿时，都能望见坡上的琴江满族村，却次次都无缘一会。

国庆期间，专程去拜会琴江满族村，以了夙愿。

琴江，由于流经这一段的闽江形如一把古琴，故名。这里是古代控马江卫省城的重要港口，清雍正六年，为镇守台江、马江、乌龙江而在此地驻建"清福州三江口水师旗营"。

如今的琴江满族村就是由当年清朝老兵营演变而成的。当年，琴江是福州两个满族人聚居处之一，另一处是东街的旗汛口，但因历史原因，如今仅琴江尚存。

村子前面的八旗广场上竖着八根古旧的木质旗杆，上面没有旗帜飘扬，如果有的话应该是正黄、正白、正红、正蓝、镶黄、镶白、镶红、镶蓝这八旗吧？八根旗杆威武地耸立着，似乎在昭告曾经的荣耀。旗杆前广场地面上有一个八卦图案，隐喻村子的街巷布局是八卦形的。

走进满族村，坐在村口的一位老人非常热情地指点去老街的路线。我们顺直线走，满目皆是现代农村楼房，一直走到村中的健身场，场内有一些村民带着孩子在玩耍。右侧小公园，是当年用以检阅士兵的"八旗军旅园"，现在有几只土鸡在里面嬉戏。

八旗军旅园前方是将军楼，门内风雨廊上悬挂满、汉两种文字书写的牌匾"大清福州将军行辕"。正面影壁上画着一幅身穿清朝官服的将军在召集下属开会的图。

绕过墙，是一个小院，墙根有两块石碑，一块刻着琴江公廨门简介，另一块是 1927 年立的"节孝流芳"。

出了将军楼，沿小街继续前行，穿过一个拱形门，外面依然是村中小街，街名"帅正街"。

遇一位中年妇女，问前面是否还有古迹。她

摇头说:"没有了,去老街要从厕所那儿往右拐。"我们马上回头找老街去。

后来得知,若继续前行还可以看到状元井、曹氏故居、许廷故居、毓麟宫,以及四座城门楼中唯一剩下的南城门楼……徒留遗憾。

很多图片,都将老兵营拍得古韵十足——找老兵营要紧。不过,"旗人八卦村"还真不是吹的,虽然每条巷子都不长,但是七拐八弯绕得厉害,俨然当年的格局。

遗憾的是村民拆老屋建新楼,让别具清代特色的老兵营变得面目全非。街巷都还按照原先的布局,但光滑的石板路消灭殆尽,被水泥路所代替。保存比较完整的老兵营少之又少,有的仅剩半边街,而另半边拆了建起红砖的楼房。仅存的部分老屋依稀有大户人家的气派。

午后的村子,安安静静,并无人员往来,任由我们穿行其间,探索历史……

淳朴里,又名"马家巷",这是英雄的街巷,原是由姓马的旗营兄弟居住。中法马江海战中,全巷马家男丁全部上阵血战,无一人生还。从此，马巷再无一人姓马。

行走间，忽然眼前突兀出现一座石牌坊"孝友坊"。这是为褒奖奉天正黄旗人赖通照孝亲爱友，福州驻防将军奏旌表、同治皇帝下诏在琴江村修建的。

孝友坊旁有"海军世家·贾氏故居"，厚重的石框大门，四面封火墙，突出的屋檐，令我恍然有回到旧时的三坊七巷之感。

琴江满族村源起海军，村中有许多海军世家，其中贾家子弟1729年至2008年，连续九代参加海军。他们参加了中国近代史上所有反侵略战争，其间出了多位优秀海军将领，见证了中国海军从无到有、不断发展壮大的伟大历程。

过孝友坊往右拐，就到了首里街，亦即旗人街，两侧对应整齐的老兵营赫然呈现眼前——这便是大家口口相传的老街。

从规整的四扇门、宽大的六扇门到精美的雕花门楣，再到高高翘起的飞檐、精致的木雕门窗、统一的定心门，无不显示其久远的历史。

比较有趣的是定心门，即在门的正中位置设

一扇一人高的矮木门，上端有镂空的小窗。定心门只有婚丧时才打开，平常都是关闭的，小窗是为了方便旗人兵眷观看街景。

走完首里街，忽然发现自己已经出了村子……

这样一个午后，与满族村邂逅，缅怀那一段可歌可泣的历史……

/ 隐在绿野的传奇 /

钟腾村掠影

于燕青

平和四月天,从平和县城往西行,漫山的柚树正值盛花期,柚子花香一路陪伴我们来到一个叫钟腾村(原名"铜陵村")的地方。这个小地方于清朝年间出了个了不起的人物黄国梁。名留青史的黄国梁遗留的器物与生活轨迹自然也成为珍贵遗产,供后人瞻仰。一一看去,武榜眼府、朝阳楼、余庆楼、石旗杆,还有一条砖与石砌的古官道(据说是当年官轿走的驿道)。站在古官道出口处的青石阶梯上,能望见榜眼及第的八角形石旗杆。石旗杆沐浴在天光之中,述说着昔日的辉煌,还有岁月的沧桑与重负。石旗杆斑驳了,灰暗了,却依然庄严。青石缝长满了野草,仿佛长在历史的夹缝里,一岁一枯荣地见证着过去了的一切。因为黄国梁,钟腾村有了历史的分量与厚重。钟腾村从古以来,一日一日把现实演绎成故事,古官道深深深几许,我把我忧伤的表情也留在这里了。我在这里留影纪念。这真是一个有着历史感的地方,那些残破与沧桑,一整个灰色的底,让人的心绪跌入远古的神秘与旧时光的幽婉之中。钟腾村与黄国梁一起镌刻在我的心里。

在榜眼府里,听介绍。黄国梁于乾隆二十一年出生在漳州平和县霞寨镇钟腾村。自幼习武的黄国梁生得魁伟英俊,身高一米九多,臂力过人,钟腾村如今依然保留着他年轻时练功用的大石碏,石碏重达三百四十斤。传说,一日他卖炭归来,走到大坪古圳岭脚下,见两个武馆学徒抬着一把大刀走,遂叹武生素质之差。两个武生听了心里不平,心想这把大刀足有一百二十多斤呢,这个人真是站着说话不腰疼,看人挑担不吃力。于是就挑衅地对黄国梁说:"要不你来试试?"话音刚落,只见黄国梁操刀如操烧火棍,如此重的大刀在他手中上下翻飞,一招一式有板有眼。两人先是大惊失色,继而大声喝彩,并将这身怀绝技的高人禀报给武馆教头。教头听后觉得此人是难得的武术人才，若加以雕琢日后必成大器，于是寻得黄国梁，并将其招入门下，传授大刀套路。黄国梁在名师尽心指点下，刻苦训练，一习三年，武功大进。在古代冷兵器之中，刀为百兵之帅。在刀枪剑戟诸般武艺中，黄国梁的刀功可谓奇绝。

黄国梁二十五岁那年，这个来自僻远乡村的小伙被乾隆皇帝钦点为"榜眼及第"，授封"一品御前带刀侍卫郎"，就此留在乾隆皇帝身边。可想当年他是何等的荣耀。当朝文华殿大学士、漳浦人蔡新喜出望外，为这个有出息的老乡书写了一副对联："安土敦人敬长爱亲犹是当年遵古训，抚今追昔登科及第果然继世振家声。"蔡新把黄国梁当成家乡的骄傲，一同在朝中共事，还与黄国梁结下深厚的友谊。如今大坪安抚寨黄氏大宗祠里还留着这副对联的真迹。同年，朝廷殿试中，黄国梁挥舞大刀横挡竖劈快似流星，闪展腾挪身法矫捷，刀法招招精彩，直舞得地动山摇、日月齐暗。正当皇帝与百官惊叹叫绝时，大刀忽然飞脱半空，说时迟那时快，黄国梁一个猛虎翻身，用脚接住刀背，再踢向空中。只见刀光闪处，黄国梁雄鹰展翅般跃入空中，将大刀擒住，又稳稳落地。早已惊呆的文武百官终于吐出一口气，欢呼声、掌声替代了惊吓。乾隆帝说这招这么厉害，是何刀法？黄国梁一下子答不上来，蔡新急中生智说，这招叫"魁星踢斗"。乾隆龙颜大悦，亲笔题写"魁星踢斗"，制成金匾赐予黄国梁。据说他本来是高中状元的，但在那个看重门第血统的时代，出身寒门的黄国梁只得屈居第二了。黄国梁总让我想到关羽，想到水浒一百单八将，自古武猛之人大都出自北方，所以这个清朝年间的黄国梁尤让我钦佩。

黄国梁征战疆场勇冠三军。乾隆三十七年，南部边境发生骚乱，皇帝任命黄国梁为云南提督，命其统领将士平乱。黄国梁很快平息了叛乱，还以仁义安抚百姓，开展重建，促进生产，使边陲人民能够安居乐业。他还有过英雄救美的壮举。据说有人要以黄国梁护卫失职陷害于他，故在后宫纵火。霎时，皇后住的宫殿被大火围困，只见黄国梁飞檐走壁，越过被大火围困的宫墙,飞身救出娘娘。皇帝因其临危不惧勇救娘娘立下奇功,大大嘉奖了他。陷害之人眼看功亏一篑,偷鸡不成蚀把米,便又心生一计,借娘娘长裙有一处被撕裂开,状告黄国梁趁救火之机图谋不轨,幸娘娘向皇帝禀明真相,说是被宫墙划破。

乾隆五十五年,皇帝为表彰黄国梁保国安邦功勋卓越,特赐白银万两,让其于故乡钟腾村择地建榜眼府,后再赐白银让其在榜眼府西北处建铜钱状土楼——余庆楼。余庆楼于嘉庆元年落成后,黄国梁的族亲便世代在此安居。此外,他们还在黄国梁的祖居地朝阳楼前竖石旗杆,显示其荣耀。

因黄国梁武功盖世,又卓有功勋,深受皇帝青睐,从而遭受嫉妒,终被奸臣所害。传说,当年爪哇国番邦叛乱、南洋告急,朝中重臣上奏恳求皇上让黄国梁率精兵出征御敌,皇帝奏准,授以黄国梁"爪哇王"的重任,命其出征南洋。正在这节骨眼上,不料黄国梁竟撒手人寰。对于黄国梁的死因众说纷纭,但都说是被害而死,说是奸人怕黄国梁降服番邦,再建奇功,更受重用,必将威胁他们的地位。一伙奸臣以为其"钱行"之名,以毒酒致其死地。乾隆帝闻其死讯大哭,感黄国梁之功德,特恩准其棺椁归故里,并钦命厚葬。

如今,这段历史已经过去了两百多年,留下这座珍贵的武榜眼府成为历史见证。距武榜眼府几百米处,并排矗立着朝阳楼、永平楼和余庆楼。余庆楼位于榜眼府斜对面的西北侧,是一座三层楼高的四方形土楼,形似古代铜钱。余庆楼于清末险遭大火,与武榜眼府相比显得破败。另一座大土楼是黄国梁祖居地朝阳楼。朝阳楼傍山临溪,分内外两环,内高外低,故又称"双叠楼""双套楼",内环十二间,外环三十二间,大门门楣镌刻"世大夫第"字样。楼前竖立着四座石旗杆,纪念黄国梁高中榜眼的荣耀。

历经风风雨雨,榜眼府依然雄伟壮观,走进气势恢宏的武榜眼府,就像走进历史,走进一座古文物博物馆。榜眼府依山而建,坐东朝西,背靠溪平山,西朝望月山,北眺双峰山,南望径仔山。从高处俯瞰,整座榜眼府第坐落在青山绿水环抱中,实乃一处宝地。这座清代中期建筑风格的宫殿式府第以砖木结构为主,由上、下两堂与两侧边廊围合而成,正厅大堂配以南北侧室,前为广场,围以院墙,有檐外檐、楼上楼的特色,匠心独运。府内雕梁画栋,木雕、镂雕飞金重彩,昔日冕旒簪缨之气可见一斑。墙壁采用上好的长条石板、石基座、石门柱、石匾、青砖拼成精美图案。门楼大门外侧有两只正方形的大石碣,一派武官府第的气势。大堂正面为照壁,北向特设门楼一座,面向京城。因府第大门与双峰山对望,门楼上便刻了"双峰耸秀"四个大字,门楣各镌一联:"一门诗礼流长泽,千载香烟锁白云。"正堂悬挂乾隆帝赐封的"榜眼及第"金匾,两旁有"进士""举人""选魁""亚魁""文魁""武魁""会魁""俊卫""福建巡武都督"等十几块金匾。在这个"武"字当头的榜眼府,同样能感受到浓浓的人文内涵。据说黄国梁这个武官也是很有文化情趣的,他从京城衣锦还乡时,还带回了京城的月季与玉兰栽种在故土,如今府第甬道门上还刻有"植桂""培兰"。

田螺坑村探访

谢华章

初春时日,有幸踏进田螺坑村,去领略春的明媚和自然清幽的气息,感受举世无双的土楼胜景和土楼人家的生活情趣,心境顿时悠悠地从那山那楼那人中舒缓开来,且兴味盎然。

当沿着弯弯曲曲的盘山公路来到田螺坑,只见四周各个山头尖圆秀丽、峻拔不一。前边山上绿树环荫,翠竹摇曳,一泓涓涓细流从楼群前面穿过;右边古木森森、遮天蔽日,藤萝攀缘、榛莽丛生;而左边山坡则是桃花盛开、寒梅怒放,处处姹紫嫣红。走到这里,深山虫鸣、树顶鸟啼不绝于耳,仿佛身处世外桃园。"吾生梦幻间,何事绁尘羁。"这般怡然,只有在此时此地才能体会得到。

田螺坑居住的黄氏客家族人开基于六百多年前。当时一个叫黄百三郎的青年从永定奥杳翻山越岭来到这个莽莽密林间，看到这里依山傍水、景致极佳，就在这里搭盖草寮蜗居，放牛，养鸭，开荒种地，繁衍传家。古时田螺坑盛产田螺和鱼虾，为养鸭提供了丰盛的食物，大多数母鸭每天都下两个蛋，由此黄氏先人家境渐富。勤劳的黄氏先民依靠自己的聪明才智，结合这里的地形，就地取材，筑起了一座座坚如城堡的土楼。最早的土楼建于1796年，为居中的方形步云楼，以后又在四周建起圆形和昌楼、振昌楼、瑞云楼和椭圆形文昌楼。清晨，云雾缭绕，五座或方或圆的土楼时隐时现，呼之欲出，充满着几分灵性。站在观景台居高俯瞰，土楼群像一朵盛开的梅花点缀在大地上，又像是一支气势磅礴的五重奏交响曲，在青山秀水之间激越地奏响。

走进土楼群，只见步云楼楼内天井自外向内分三级台阶，取平步青云、居中为正之意，寓子孙后代读书中举，仕途步步高升，青云直上；振昌楼与众不同，它的内堂坐正西南，与门不在同一直线上，反映着一种"富不露白"的文化理念；而瑞云楼坐落在五座楼的内隅，体现了含蓄吉顺的朴素观念。

　　田螺坑村的土楼这种美妙组合成为人们玩味的一道风景线，引起国内外许多专家学者的浓厚兴趣。日本建筑学家茂木计一郎考察后，是这样描绘田螺坑土楼的："从闽南跨越到闽西的狭窄山道……过了山口，不久发现眼下山麓边的环形土楼，在有水田的山谷中蜿蜒而流的河岸膨出的地方，恰似大地盛长的巨大茸草一样。圆圆的土墙建筑物点点相连，或似黑色的飞碟自天而降一样，飘荡着好几个环形的瓦屋顶。那真是好像拔地飞腾而上，又似从天空舞降下来的不可思议的光景。与其说是住宅，不如说是城塞。不，是不可想象的怪物，超然地横躺在我们眼前的山谷中，我们都看呆了一阵。"联合国教科文组织顾问史蒂文斯·安德烈考察后称赞："这是世界上独一无二的神话般的山村建筑模式。"更绝的是上海同济大学路秉杰教授这么说："没有看到田螺坑土楼群，不算真正看到土楼。"我国著名古建筑专家罗哲文还写下了律诗《田螺坑土楼赞》："田螺坑畔土楼家，雾散云开映彩霞。俯视宛如花一朵，旁看神似布达拉。或云宇外飞来碟，亦说鲁班墨斗花。似此楼形世罕见，环球建苑出奇葩。"田螺坑土楼群给人的震撼是多么强烈呀！

"山歌好唱口难开，李子好食树难栽。白米好食田难做，溪鱼好食网难开。胸脯不挺背会驼，大路不行草成窝。钢刀不磨生黄锈，山歌不唱愁闷多。"走进田螺坑村，远远就能听到山歌那淳朴的音韵在土楼里回荡。

田螺坑村的土楼前面是列列梯田，像春天的五线谱，晨雾中的土楼则是跳跃其上的音符。旧时隐于原野深谷的田螺坑客家人没有完备普遍的民众娱乐方式，情感不得宣泄，生活颇为郁闷。他们出没于崇山峻岭，妇女和男子同样担负着山间的种种劳作。在长期的山间劳作中，男女互诉衷肠是预料中的事。若用赤裸裸的话语来表达，不仅让人感到羞涩也少了诗意，那就让音符载上浓情蜜意，田螺坑的山歌便应运而生。

当他们在茶园里挥汗如雨，惦记起俏皮的情郎时，不禁就唱："一劝郎，夜更深，莫讲笑话试娘心，莫讲笑话生思想，想来想去想伤心。思想得病无人知……"(《十劝郎》)在劳作的同时敞开胸怀,唱起山歌,年轻多情的心因之飞扬,耕耘的辛劳苦闷得以释放,追求向往有所承载,闭塞、贫困的深山生活变得摇曳多姿,山歌为田螺坑朴实的山民打开了一个美好的精神世界。

而今,田螺坑人在文昌楼的厅堂里搭有戏台,每天在这里唱山歌,不仅自娱自乐,而且引来许多游客驻足聆听欣赏。他们还把许多山歌的曲谱填上朗朗上口的新词,如《申世遗》:"五座土楼梅花状,吸引游客来观光。而今申报世遗急,我们大家齐努力。"《十盆好花》:"一盆好花千日红,学习文化莫放松……"《婚姻法》:"民主婚姻是自由,男女同意相牵手,百年夫妻难得求……"用山歌这种客家人喜闻乐见的形式,将新的思想观念贯注到人们心中。

田螺坑男男女女把对唱山歌、赛歌作为惯常的享心乐事。每年的元宵之夜,田螺坑人就举行山歌对唱。他们在黄氏宗祠摆上"擂台",男青年唱道:"正月十五闹花灯,花灯做来万千般。

阿妹心灵手又巧，阿哥想妹几多番。"而姑娘就会接着唱："门前桐树开白花，树上喜鹊叫喳喳。阿哥想妹大胆讲，有花不采会划差（后悔）。"（《正月十五闹花灯》）此时，心花怒放的男女青年会禁不住唱起《十有情》歌："一有情，好姻缘，两人有情来耕田，两人有情都有意，无人牵线行唔前。二有情，笑盈盈，阿妹想郎郎有情，两人有话当面讲，唔怕别人来知情……"用山歌来表达人们对美好生活和甜蜜爱情的渴望，那悠扬的旋律、朴实的歌声，绯红了土楼人的脸颊，温暖着土楼人幸福的心。

田螺坑村的客家山歌，自黄氏先民到此开基后就延续下来。近年来，随着南靖土楼旅游热的兴起，田螺坑客家山歌的传唱更为广泛。看，在青青的山梁上，在潺潺的溪流边，在喧闹的田埂上，到处都荡漾着那动人的曲调，荡漾着田螺坑人悠远绵长的情丝，荡漾出田螺坑山村一道异样的风情。

田螺坑民风淳朴，岁时节庆、民间信仰仍保留着浓厚的传统色彩。

过年是土楼人家最隆重的节日，田螺坑人从农历十二月十六就开始为过年忙碌开了。家家户户置办年货、赶做新衣、宰猪杀鸭、蒸米果、擀面、贴门神、粘春联。除夕那天，要备牲酒肴馔年糕敬神拜祖，还要在大门后面竖放两根连须带叶的甘蔗，叫"长年蔗"，取又长又甜之意。这一天家家户户要挑满水缸，然后由长辈封井。因为年初一不许挑水，要年初二由长辈敬过井神开井后才能挑水。

入夜，各家各户吃完"团年"饭后，便用三牲祭天神，烧香点烛，摆斋盘迎接财神、喜神、贵神。此时，田螺坑每座土楼人家燃放竹炮，喜迎新年的来临。竹炮是用毛竹做成的，两米多长，在上面装上煤油，从下面点上火，用气一吹，竹筒不但喷出焰火般的火焰腾入夜空，光彩夺目，而且发出的声响震耳欲聋，惊天动地。放完竹炮，便是燃放"年火"。田螺坑人在土楼前堆上一堆干柴，点燃"年火"，那熊熊大火顿时把田螺坑的夜空照得通明。"年火"有两层意思，一是象征来年的日子红红火火、富贵吉祥，二是寓意驱鬼避邪、百姓康乐。田螺坑的男女老少在"年火"旁,手牵着手围成圈,说说唱唱,沉浸在无限的欢乐之中。

年初一子时,每座楼以楼长为首,率领全楼男丁,庄重肃穆地站在大门厅内,由长辈打开大门,边开门边说吉利话,为全楼祈福,然后在大门前摆上祭品,选定大利方向,焚香敬神。这时家家户户重又点燃迎春接福的爆竹,满耳的爆竹声声,满眼的喜气洋洋,把过年的气氛推向了极点。吃过早饭,由长辈率领男丁到各座土楼拜年,以促进楼与楼之间的友好关系。

田螺坑土楼村落,让人感受到一股浓浓的农家生活气息。每座土楼的大门厅都装有一至两副石碓,用作舂米兼做糍粑臼。制作糍粑时,把糯米放在饭甑里蒸熟,趁热倒进臼里,由糍粑锤反复压挤,使糯米饭越来越稠,然后再抡锤击打。经过三四十分钟的轮流打滚,糍粑就做好了。糍粑从臼里拿出米后,伴上研碎的芝麻、花生、红糖等佐料,柔韧芳香。逢年过节或年冬收成,田螺坑人都要打制糍粑,敬奉先祖,祭拜神灵,祈求来年丰收，全家人品尝柔软的糍粑，美不可言。

每年的冬至前后，田螺坑人还用刚收获的新稻酿制米酒。他们在土楼宽阔的天井上，或在自家的厨房里垒砌火灶，用优质稻米和清冽的山泉配以红曲酿制米酒，酒色鲜红，酒味甘甜，香气浓郁。呷上一口，润喉爽心，甘甜生津，快感顿生。因此，田螺坑人自古就有饮酒的习俗。逢年过节，全家人围坐在一起碰杯互敬，惬意融融，有时忙完农事，也要喝上几碗，提神解乏，舒活筋骨。亲戚朋友来临，田螺坑人更是把家酿招待当作最高礼遇。这种家酿也是妇女"坐月子"必备的"美食"。

田螺坑最热闹的是"做大福"。做大福是田螺坑人的迎神赛会活动，人多场面大，时间在农历十月二十四日至二十六日，每三年举行一次。做福时，田螺坑人举着旗幡，抬着神轿，吹着唢呐，敲着锣鼓，浩浩荡荡地把村里的土地神和紫云山寺的佛祖迎回村里，那上百面画着各种吉祥图案的幡旗随着迎神队伍在村里穿梭飘扬，蔚为壮观。同时要演戏三天，鼓乐笙歌庆太平，田螺人沉浸在无限的喜悦之中。

在田螺坑，让我想起诗人陶渊明在《桃花源记》中所描绘的世外桃源："土地平旷，屋舍俨然，有良田美池桑竹之属。阡陌交通、鸡犬相闻，其中往来种作，男女衣着，悉如外人，黄发垂髫并怡然自乐。"这种优美的人文居住环境，怎不让我流连？

竹篾人生

阮兆菁

那是一段不堪回首的岁月。由于家庭成分的原因,按照当年说法,就是属于"黑五类",加上受当年"白卷先生"的影响,初中毕业考试只是例行面试,问上几个问题就算了事,虽然我在班上的成绩始终名列前茅,面试的成绩也非常之好,但是在高一新生的录取榜上怎么也找不到我的名字,我当即唰唰地流下了伤心的眼泪。成绩优异的我不得不离开那培育了我两年半的学校,开始了漫长而艰辛的学徒生涯。父亲说,在我们这样的家庭里,读书是挣不了饭吃的,你得去学一门手艺,不然,往后的生活怎么办呢?一向疼爱我的奶奶抚摸着我的头深情地说,不用哭,人总是要活的,走一步算一步吧。听着长辈的话,嗜书如命的我顿时泪雨滂沱。新的学年开始了,同学们都兴高采烈地打着背包赶往学校注册,我却万分伤心地离开了学校,离开了对我寄予厚望的老师们,离开与我朝夕相处的同学们,去承受本不该是我这样的年龄所应该承受的生活。

众所周知,20世纪70年代中期,要学一门手艺谋生还确实有点难度。因为体质差,学打石头的工艺肯定是吃不消的,那时的我非常之瘦小,无法胜任这样的工作;去学做细木呢,还是觉得有点困难。有一天,父亲把我叫到身边,对我说,你体质太差,其他的手艺活你也吃不消,还是去学竹工手艺吧。没有理由可以拒绝,只好忍着复杂的心情踏上了学艺的道路。师傅年龄四十开外,人看上去挺仁慈的,但是如果真的发起脾气来,也会令年幼的我吞下委屈的泪水。那时,一天的全工资是一块五角钱。当时,我与师傅也订下了口头协议:第一年每天工资三角钱,第二年每天四角钱,第三年每天九角钱……第一年做了一百五十个工日,赚到了四十多元的钱,一半用于贴补家用,一半用来给师傅拜年。临近春节,我就得挑上一个大大的猪腿,外加十多斤的线面和几十个鸡蛋,毕恭毕敬地送到师傅家里，以表示对师傅的传艺之恩。师傅百分之百地收下，当然也不免说上一些礼尚往来的客套话，这些也许都是人之常情。人间世故，就是这样世袭传承。

四十多年的时间一晃而过，至今回想起来，心头还会隐隐作痛，涌起阵阵酸楚的感觉。不管路途多远，工具担徒弟是毫不含糊地要挑上了，哪怕是四五十斤的担子，也磨得我肩膀发红，烧灼般的痛，要是遇上陡坡的路子，那真的叫人气喘，只得是一会儿左肩换到右肩，一会儿右肩换到左肩，有时要走上一天的时间，才能到达目的地。夏天的日子，太阳朗朗地照着，一会儿的工夫就大汗淋漓了。每每到达一个村庄，就要落户在一个东家家里。一般情况下，吃完晚饭后，我便是倒头就睡，因为一天的疲劳已经够折腾人了，一会儿也就进入了梦乡。直到凌晨时分，才听见师傅的鼾声如雷，而我却在望着天花板发呆呢。

话说回来，我们应该了解下竹子与竹编制品在我们闽东的一些情况。在我们闽东一带的山

/ 隐在绿野的传奇 /

区，竹子资源十分丰富，即使在四十年前，那时物质相当贫乏，但依靠贫瘠的土地生长出来的竹子依然郁郁葱葱。农家需要的物什大多是由竹子制成的，比如：竹篷、地瓜篮、笊篱、簸箕、锅帚等等。我的老家，一个千把人的村庄，做竹工艺的师傅就达到了二十多人。误打误撞，我也成了其中的一员。

用于制作竹编的竹子称为"毛竹"，也叫"楠竹"，它的特点就是秆高直、坚硬。有一个成语叫作"势如破竹"，可真正要破起竹子来，可不是那么容易。一棵竹子，一头置于椅子上，一头斜靠地面，首先得用篾刀削去竹节部位的凸起部分，而后要把一棵圆圆的竹子劈成两半，劈开口子后用力往下狠拉；然后把整棵竹子置于地上，一脚踩着另一半，两手往上用力，嘶啦一声，竹子就一下子成为两半了；紧接着用竹铲把竹节中的竹膜铲干净，再根据竹编制品的尺寸用力撕开一条条，选择竹片的厚度和长度；一般情况下，竹片可以劈成四重或者八重编制小巧精致的礼品盒等，竹片还需要经过刮刀的四次亲密接触，使之成为中间厚、两边薄的光滑的竹片，这样编制出来的成品美观、厚实、耐用，油漆简单地一刷，真的可以说是百年不腐、常见常新。前几天，我特意请教了当年的伙计阮叔叔。他不无担忧地说，随着近十多年来塑料制品的兴起，竹编工艺技术面临着失传的危险境地，最后一代的竹编工艺师都在接近知天命之年了，更小年纪的已经没有人去学了。过去出口国外的竹制品，由于成本等各方面的原因，现在几乎属于滞销状态，可惜的是这样的技术还没有被纳入非物质文化遗产类别，我们不知该如何去呼吁和保护。

我们今天到新农村去，一些农耕展陈馆的大部分物品都是竹制品。在中国历史文化名村漈头村，就屏南农耕博物馆而言，竹制品就有几十种，馆主还能说出每样物品的传奇故事呢。从圆圆方方的斗笠到形态可掬的贡品盒，应有尽有，以及捕捉泥鳅和鳝鱼的工具，也是竹子编制而成。周宁禾溪小学的展陈馆里，历经岁月的竹制品满目皆是，工艺看起来是比较粗糙的，但价值是不菲的。它印证着历史的风云，记录着村庄的发展。

　　收回思绪，我们一起来看看当时学习竹工艺是怎样的一种境况。第二天早上，因为是夏天，大概凌晨五点半，东家就开始叫吃饭了。吃饭时绝对是无声无息的，一般来说要在十分钟内完成，也就是说一定要在六点前出工。生活如果没有体验，往往不知道其间的甘苦。学习竹工手艺的第一个考验就是必须学会蹲功，能够蹲着半个小时都不偷懒的，就已经成为很好的师傅了。刚学时，蹲上十五分钟时间，就会眼冒金星，全身冒汗，站起来要在原地停上一会儿，才能够缓缓迈开步子。为了偷懒，更为了减轻疲劳，我不得不拼命喝水，让肚子憋得慌，这样才有机会借故起身休息五六分钟，以此让精神得到些许的安慰。午间，摊上吃饭的时间，顶多也只有四十分钟的空当。到了晚上七点半，太阳收起了她的光芒，天色渐渐转暗，知了在无序地叫唱，我才能拖着沉重的步子离开"战场"。当徒弟是很受气的，谁都可以说你，说你技术不行，说你动作迟缓，不管有理没理，都得忍气吞声，默默承受。

如果是师傅把眼睛一瞪,就知道是什么地方出问题了。除了蹲功之外,还有一个技术难关,那就是学会破竹子。为此,我左手的食指间至今留下的多道刀痕还清晰可见。刚学破篾时,篾刀在过竹节时特不听使唤,稍不注意,竹节过不去,用力的一刀便砍在食指根上,顿时鲜红的血便汩汩地涌出来了,委屈的泪水也随着滴在血水中,染红了东家的新家什。等血止了扎上胶布,继续让生活充满血腥……嫩嫩的手把弄着粗粗的竹子,不到半天时间,手皮便会被磨破许多处,晚上躺在床上,十个手指火辣辣地生疼,只好随着蚊子在空中飞舞,让疼痛在风中而生。有的东家晚上还有点红酒,让师傅们解解馋,作为徒弟就是想喝也只能是闻闻酒味罢了。吃完饭,浑身酸痛的我倒头便睡,直到第二天东方破晓。周而复始,日复一日,年复一年,培养着自信,磨炼着意志,同时也使我的性格变得坚忍。万万没有想到的是,狠心的师傅第二年一百天的工资居然赖着不还,我不得不换了另一个师傅,继续把生活的苦吃深吃透。整整四年半时间,在古田、罗源的山间小路上,留下了我的青春足迹,为的是艰难地谋生,为的是捕捉到生活真情的阳光。

磨难是人生最好的财富。正基于此,经过自学的我才有幸踏进宁德师范学校的大门,实现了一个梦寐以求的梦想。

往事悠悠,四年半的竹篾人生,四年半的人生体验,在我的人生履历中成了一个永不褪色的记忆。

您好，闽东

陈元邦

走进了闽东，又走出了闽东。在走进与走出间，拥有了一段身居闽东的日子，拥有了我的第二故乡，让我可以自豪地以"闽东人"自居。身居闽东的这段日子，我对这片土地生了情，有了爱。当我将要离开这片热土时，向着这片热土深情地道一声：您好，闽东！

闽东这个名字不算陌生。曾经几回，一条弯弯曲曲的104国道把我载到了蕉城，又顺着这条弯弯曲曲的山道把我载到了福安、柘荣……这条国道是闽东联结外地的大通道。当时，有人告诉我，闽东是沿海地区，我真有点不信，车在闽东行驶，几乎是盘山而行，映入我眼帘的是层层叠叠的大山。在我的记忆中，一条104国道，能够看到些许闽东海影子的是从蕉城到八都之间，还有赛岐这段路上。如果想看闽东的海，那要专程到三都澳，或者是沙埕港。闽东留给人的印象是山而不是海。

2009年，当我走进闽东，多少次在这条高速上来来往往，车在高速走，也如在景中行。晨曦中，领略到了海的宁静，海面上渔轮点点；晚霞中，陶醉于大海的金碧辉煌，夕阳下的根根细竹牵起的桑田，让人忘归。潮起潮落的滩涂，时而被海水浸漫，时而露出真容，滩涂上无序地泊着的几叶轻舟，透着一种闲适。有人告诉我，每年有十多万的摄影爱好者涌向闽东，涌向霞浦，把镜头对准了这片海、这片滩涂。全国各类摄影大赛中，假如有表现滩涂美景的，大多都取材于闽东。

一条沈海高速、一条高铁，撩开了闽东海的面纱，让人看到了闽东海的真容，闽东展示出了它的博大。倘若有人再告诉我，闽东是个山区，我会纠正他。不，闽东是个离省会城市很近的沿海地区。

闽东有海，闽东也有山。闽东的山，从海上挺拔而起。闽东的海深，源于它的山高，闽东的山高，又源于它的海深。曾经越过分水关，进入浙江。车入浙江地界，视线顿时变得开阔，视野里多是一马平川的土地。也曾经站在地图前面，由北而南地端详着那条海岸线，发现在这条海岸线上，多有广阔的冲积平原，唯独闽东的这段海岸线，被人称之为沿海"黄金断裂带"。这种特殊的地域，让闽东既拥有海的博大，又拥有山的挺拔。在闽东的这段日子，曾经行走太姥山，畅游杨家溪，观赏古廊桥，蹚过白水洋，嬉戏鲤鱼溪，造访崳山岛。曾经伫立于山巅之上，感受云蒸雾绕，也曾伫立于三都澳畔，观赏潮起潮落。每一次与山水的亲近，都是一次洗心过程，既有"采菊东篱下，悠然见南山"的淡泊，又有"荡胸生层云"的豪情。山宁静，海也宁静；山澎湃，海也澎湃。

山海而成的闽东，孕育着独特的文化，造就了独特的民俗。在闽东的日子里，被这里的文化所滋润，被这里的民俗所感染。闽东的文化孕育于村落，又深藏于村落。穿行其间，就如同在翻阅一本大书，细细地品读，细细地体验。曾经走进古田、寿宁、屏南、柘荣，感受到了陈靖姑文化、廊桥文化、马仙文化所散发出的魅力；又曾走进廉村，品读悬挂于祠堂柱上的"首登黄榜自古八闽无双士，帝赐廉名至今华夏第一村"；也曾走进屏南的漈头村，品读"继世书留香，养生谷为宝""一帘花影了月明初，四壁书声人静后"；还曾造访过寿宁的千年名村西浦村，感受那里的"状元文化"，行走于其间，在古朴的乡风中，我感受到深厚的文化积淀。人在走，心在思，无论是廉村、漈头，还是西浦，从地理位置上说，都处于山乡僻壤之中，却造就了华夏第一廉吏，孕育了"特赐状元"，这是何等使然，又是何种风尚？

我曾经多次走进畲村，参观畲族博物馆，沐畲风，听畲歌，体验畲族风情。畲族文化是闽东文化的奇葩，是闽东的一道亮丽风景，也是闽东的一张名片。夏日里，漫步上金贝，碧绿的湖倒映着栉比鳞次的黑瓦白墙，洁净质朴，长长的葡萄长廊，在微风中摇曳的荷花，村中传出悠长的畲歌，品尝着热腾腾的乌米饭，喝着家酿酒，有时还可以观赏到畲民们表演的竹竿舞,那浓浓的畲家风情让我流连忘返。望着这些身着畲族服饰的畲民,从他们的脸上我读到了淳厚,脑间突然出现这样一组数据:在闽东三年游击战争中,五千六百余畲族党员、干部、战士、群众献出了宝贵生命,人数约占全区畲族人口总数的百分之八。叶飞同志这样评价闽东畲族:"在闽东三年游击战争最艰苦的年代,畲族人民的作用是很大的。他们具有两大特点:第一,最保守秘密,对党很忠实;第二,最团结。"在闽东的日子里,与众多的畲族同胞接触中,我感动于他们对事业的忠实、对朋友的真诚,忠实是畲族人的品格。今后,谁想了解畲族风情,我会告诉他,请到闽东来。

闽东的山、闽东的海,成就了闽东的子民。至今难忘参加第二届茶叶博览会时,那场风雨中的演出,上千人的志愿者,几百位演员,特别是那些背景演员,整场迎着风、淋着雨,演出结束时,音响里传出的"让全体演出人员为自己鼓掌"的话语至今音犹在耳。这块土地,孕育出了闽东人的真诚与善良，造就了多少道德模范，每每听到他们的事迹，都会让我心存感动，他们的事迹可能不会惊天地、泣鬼神，但也正是这些看似平凡的小事、凡事中，展示出了高尚。有人说，闽南人具有拼搏精神。闽东的这块土地，同样造就出了闽东人的敢拼会赢的性格。认识一个回乡创业的大学生，毅然放弃读研留校的机会，回到福安农村创业，短短数年，积累了财富，又创办了大学生创业孵化基地，成为全国大学生回乡创业的楷模。走出去的闽东商帮，驰骋大江南北；扎根于闽东大地的企业家，敢于面对竞争，引进人才，做大产业，做强品牌，打造出了小电机之都、化油器之都等一批产业集群。在发展壮大企业的同时，他们没忘记自己的社会责任，回馈家乡，回报桑梓。

如今的闽东，正在凝心聚力实施"环三"战略。"环三"战略呼应了海西发展战略，是科学发展观在闽东的生动实践。在闽东的日子里，行走于各地，听到最多的是"环三"，人们谈论最多的也是"环三"。我们高兴地看到，人们正享受着"环三"战略的实施带来的巨变,他们期盼着"环三"战略的实施产生出更加巨大的效益。无数次地走进宁德规划展示馆,在那里看到了闽东未来的蓝图,一座令人向往的海峡西岸东北翼中心城市。为了这片土地,为了美好的家园,建设者们在努力着。

闽东人以"滴水穿石"的精神奋力前行,在这一精神的引领下,闽东人焕发出新的精神面貌,激发出不尽的精神力量,闽东正行驶在跨越赶超的快车道上。

初升的太阳跃出三都海面,天边是一片嫣红,热烈而奔放,闽东孕育着生机与活力。

走出闽东,回望闽东,心中充满着依恋与不舍。我在自问,走出闽东了吗?没有,走出的只是身影,心却依旧念着闽东,牵挂着与这片土地有关的每一件事,为这块土地而喜、而忧、而歌、而咏。

我向着这片大地,深深地鞠躬,再道一声:您好,闽东!

一座山有它自己的逻辑结构

汤养宗

事实上，许多时候人在路上的感觉，只是一双脚在不知不觉中走走停停，甚至还只是脚底下的一双鞋底，是鞋底有了神经知觉，亲近上了这条路。

是鞋底把我们拖入了所不由自主的迷宫！一座山在哪里？这常常是一个正在山上的人才会去问的问题。山的神韵一定是无法排列的，它一定存在于自己更深的循环与回问中，一定还有多出来的延时性部分，散发着整座山体的香气，让人嗅来嗅去，像美人身上浑然一体又秘不可宣的气韵，静秘的，私自的，不知道时间中是什么建筑了它，并把它维护在那里。而这当中的神秘结构，却让人心旌摇荡，令人多遍醒来或持续被照亮。

第一天没有，第一天是两辆电瓶车把我们一

干人直接拉到山顶的观音广场上。天空一下子被谁用手重新洗过一样,每一立方厘米的空气都可以用手抓过来塞进嘴巴,再美美地咽下去。当中有许多成分,有已经默许在里头的秘籍与谁的祝愿。

空气是再好不过了,却明显能触摸到当中布满的什么粒子。有东西在透明中缓缓滑行,忽高忽低,还带着细细的声音,就像是被某种特殊的乐器特意弹奏了出来,有人感觉到多,有人感觉到少。也许不是这样,是源于身处在这座圣山上,我心中早就有的一把琴,把什么给拨出了声响。

或者也不是这样,是两种相互准备好的耳朵,相互被吸引与听到。

那座世界上最高最大的用花岗岩雕琢成的观音塑像,两个字:一流。我知道这个词显得有点穷,可它映入我脑际间的第一个冲击波就是一流。佛像脸上那淡定的神情是无边无际的,使人一下子沉静了下来,一下子深下去或者一下子飘升起来。感到心里头还没有收拾好就得去敬仰它。

许多感应的发生是来不及的，并无法预先设计的。当迎面而来的好比内心有准备的好还要更好时，你只能把自己立即打开，把自己整个地交出去。我这人一直不设防，在某些特定场合，我时时以为自己站着的时候也是跪着的，在第一时间、第一现场，我总要茫然与发呆，无论是对某个谁还是对某个景物。这是我自己的秘密。

而过后才有问，才有与之左右相维系的前因后果。

过后我就想，这么大的荡开在脑际间的冲击波，这么直接就让我得到是不是太快太简单了些？一条用水泥灌成的盘山公路与随之想要的场景之间，时空感明显有些不对。一边是巨大的庄严感与神秘感，一边会突然冒出时下生活秩序中的快餐效应。有东西在掌心里抓不住，有些脱节，仿佛迎面而来的速度是倾斜的，有失衡感堵在心口。甚至是一阵风有点潮湿地吹过，来不及再看一眼，什么已经在阳光中被晒干了。

我要落实，孤零零的一阵震撼偏偏有它自身

的阴影。第二天有了证实。

第二天我们又上山。在这座巨佛的东侧,一个叫耀佛岭的丛林中,我们终于找到了一条用碎石铺成的山径,完全是亲切的陌生、久违的面目。碎石缝隙里有青苔,碎石上掉落下许多树叶,像谁隔夜的话语留在上面,有些还是热的,有些已经冷了下来,在颤动与不颤动之间,布满了不同的神情,绵延数十里,深得像一口深渊。

我心中那份撕裂感一下子缝合了。在要问的,关于有与没有之间,对,就是它。

太幽静的一条路,林间叶片之间不时投下一些碎碎的光影,按它们或明或暗的交错不断交换着光落在地上的影像,像上天布下的迷魂阵,叫人内心起火,涌起一阵莫名的浮动感。我完全忘记了这是在什么地方,只感到正被什么旧的慈祥唤醒,一种回老家时才有的感触,立即把内心中私人化的情形激活。

恍惚中的我突然与时间另一面睡着的我接通。神智里仿佛有什么又要老病重犯,我又可以在什么也没有的掌心上细细抚问起什么,甚至是空中抓物，点石为金。这感觉在这时非常受用，要有就有，没有谁能够没收它与截止它。与宏大的，热烈的，甚至拥挤的一番场景相比，这里空了，静了，却空得比什么都多。它膨胀着，在无言与无声中膨胀着，形成了一个神秘的气场，让掉进去与被吸进去的，都必须换一种方式去呼吸，去思想些什么。这是必需的。这让我在这座山上得到了一个转场，尤其对于一个刚从巨佛身边转过来的人。这种转场，奇妙无穷。

这就叫落实。我沿着这条路走进去，开始清洗自己，意识到自己带进来的，下一刻是否还会带出去，多了，还是减掉。我开始左想右想，好像要把那尊观音巨像传递给我的话语对自己重新说一遍，好像我要是不把这些话再说一遍，我的体重就会立即减掉一半。

我一下子获得了开阔，也得到了追加，想起这就是这座山给我的好，想起在另外的哪一处、哪一种时间，也有过相似的情景。或者完全没有理由地记起前几天一个朋友说自己最近酒量小了，也记起某一天对某个女士突然说的一句不太得体的话，一本书的某个章节也在这里突然浮现，以及什么事应该接着做下去还是就此辍止。

这些突然冒出来的东西怎么可能与这个时间、这个地方有关呢？但它们偏偏就那样毫无道理地闪现了，以不同的雾气，让我乍暖还寒，又从中醒来或被当头棒喝。它们是忽明忽暗的，欲辩已忘言的，甚至是意念闪过之后就立即值得怀疑的。仿佛这一辈子接在手中的东西都是可信可疑的，就像我正在写下的这句话，要刻意地停下来，生怕稍不小心就会把它们弄坏。我开始明白，这是自己心中堆满了太多的光影，也来自那尊巨佛的震撼与辐射，现在，都一一发出了回响。

我突然感激了这座山。可为什么在两次的上山中，是今天而不是昨天呢？

今天才是整齐的。今天我绝不反对什么，今天反对我的人也无效。因为自己的这次游历，此时此刻，在时空感中对昨天有了回应，已得到了完整的汇合，或者赢得了一个形式主义者的胜利。

我突然意识到，这就是一座山的逻辑结构，它的美在左边与右边已被回环与呼应，美通过我继续伸延的鞋底在不知不觉中被打开，安排在这座山上的那些神意的高低处和明暗处，都一一有了对角连接线。一个给，另一个接住。

我曾在自己的一篇诗学随笔中说到文字中的对称与平衡的问题，这里，似乎有了回应。

现在，我想到对悬浮的事象与事象之间的把握，至少有三种以上的关系不可随意丢缺的：

其一，美的感应力，它的延时性必须依靠有效的途径看护住。

其二，虚与实之间，它们的呼应性往往在相互转化。

其三，黄金的比例，放在更开阔处才有更开阔的显现。它不是个别单一的，有另一处或者依靠交错组合；或者跑开，在更多处。

花桥故里

阮以敏

故里花桥之名源自何由已无从考证，据村中多位耄耋老人自述，曾闻长辈谈起，古桥为木廊桥，横跨东西，精雕细琢，工艺精美，花样百出，乃当年十里八乡唯一大桥，遂有花桥之名。新娘路过，都要下轿步行。盖因此，自然村取名曰：花桥头。老人们所见，唯有三根水杉铺就的木桥，旧时花桥几时被拆毁，竟无记载，也无人知晓。20世纪60年代末，由于木桥出现腐烂，拆卸重修为石桥。

花桥之头地势平坦、良田肥沃，其形似蛇，沿院后山脉蜿蜒而下，头从山挡抬起，眺望远方。十里八乡大户人家便动土迁居于此，自然成村，形成"富人区"。沿街两旁家家户户商铺林立，柜台连排。杂货店、裁缝店、小吃店、青草店、客栈、布庄、油行、茶行、面坊、豆腐坊、织布坊……一时商贾云集，当地乡绅名人齐聚，渐成闹市。主街雨亭从街头延伸至街尾，村人过客雨天往来不需打伞。溪石铺就的石路，沟沟坎坎，见证了花桥故里的年代久远。村民姓氏繁多，以阮姓为主，还有彭、余、陈、林等姓氏，不如彭厝里、陈厝里、溪边里、董洋里等乡村姓氏之纯正。

随着时代的变迁和交通的发展，以及当时对工商业的社会主义改造，喧闹的乡村自然而然日渐式微，繁华已然不在。许多商铺或关门歇业，或改换门庭。高高的柜台，便成了乡人们饭后茶余聊天时的座椅。到我四五岁返乡定居之时，记起的只有杂货店、裁缝店、豆腐坊、面坊、油行之类。

祖先们在溪边择地建屋，择邻而居，既为方便生活，更希冀瓜瓞绵绵。母亲河——大甲溪，源头为院后山脉汇流而成，自溪边里自然村顺流而下，清澈见底，可见成群鱼儿游玩。每日清晨，乡人们都会到溪边挑水，装满大水缸，准备一天的饮用、洗漱。因为经过一夜的沉淀，水质特好，没有污染。大大小小的石潭，依形状被命名为"牛潭""龙潭""鸡角潭"……因此，游泳的方言也俗称"游潭"。村妇村姑每天都会到溪边洗衣服，三五成群蹲在溪边，找块大石头，搓洗起来，其间不乏欢声笑语、嬉笑怒骂。20世纪80年代末期，水源渐渐枯竭，再加上环境污染，溪流便仅为排污了。每次返乡，对景徘徊，往事成风，总是感慨不已。好在现在开展新农村建设，计划全面改造溪岸，铺溪底，设管道，建设沿岸景观，恢复长流清水。

每年，油茶籽和油菜籽收获的季节，油行便开始忙碌起来。老师傅提前清理卫生，然后坐等乡人们送货上门。收来的油茶籽和油菜籽晒干了，再放到锅里炒香。然后倒进巨大的圆形石砌凹槽里，由老黄牛拉动巨石，不断打转碾压成粉末，清扫出来装入蒸笼蒸上许久，热气腾腾倒出来用稻草包住，圈上三个铁箍，做成直径四十厘米左右的圆形茶饼。接着拆下外围的两个铁箍，一块一块放入一棵大树凿成的凹形槽内，插上木尖，便开始榨油了。五六个大汉，推动着悬挂的树桩，在把头老师傅的吆喝下，齐齐喊着嘹亮或沉重的号子，或者家乡民谣，树桩撞击着木尖，清澈透明的油便汩汩而出。其情其景煞是令人心驰神往，叹为观止。榨油后的饼粕，即"茶枯"，内含丰富的茶皂素，是一种天然的优良表面活性剂，不但可以做洗涤剂，还具有洗发、护发等功效，是天然的绿色洗发剂。儿时的我们在这个季节总是天天到此游玩，除了好奇，还可以闻闻四溢的浓香，沁人心脾，气爽神怡。更是满怀期待快快长大，加入他们的劳动行列，一显身手。偶尔，大人们也会让我们扶上几把，推动几下，其景其情总是令人恒久难忘、兴奋不已。

面坊是爷爷的。他们早年在水尾桥下还有个磨坊，是个水磨坊，收购的麦子都在那儿加工成面粉，或出售，或自己加工做线面。每天夜里，爷爷总要起来几次，频看天象，判断第二天是晴是雨，是南风还是北风，以定翌日是否做线面。当晚要称好面粉，融化好盐水。第二天凌晨起床再看看天象，便开始和面。那可是体力活，硕大的面缸，倒入面粉，逐渐添加盐水，用双手不断搅拌，揉成面团后，还要不断抱起翻一面，再拳击，以达到均匀柔韧。若是隆冬，冰冷刺骨，寒气难当，但随着劳作强度的加大，也会大汗淋漓。真是不但学手艺，而且还练了武功。十来岁的大哥也曾跟着爷爷当了一段时间学徒，终因个小体弱、学艺不精而转作他行。面团发酵后，紧接着的工序就是搓条、粉条、串面等等了，待这些准备就绪，已是日上三竿，可以拉面了。厉害的师傅可以双手夹住五六根面杆，在稳步的进退、拉伸、抖动中，线面越拉越长，越拉越细。我们兄弟姐妹虽小，但也会打打下手，帮助做点简易的工序，因此从小养成了热爱劳动的好习惯。也有判断失误的日子，天公不作美，下起雨来，不要紧，有焙房（相当于现在的脱水厂、烘干房），未干的线面全部搬到焙房，烧起木炭，渐渐烘干，一些断了的线面掉到木炭上，烤得香脆可口，我们趁机吃起了"烧烤"。若是冬天，这焙房恰似空调间，暖洋洋，让人不舍离开。

说起这线面，由于面很长，所以又叫"长面"和"寿面"。按照乡村习俗，每年大年初一早上，乡人们都要吃一碗线面、两个鸡蛋，意为长寿圆满、好事成双。祝寿送线面，方言"长面"和"长命"谐音，长即为寿，意为长寿。待客吃线面加蛋，意为平平安安（在老家鸡鸭蛋又俗称"太平"）。结婚当天，新娘接进新房，坐在床沿，先吃上一小碗"茶油面"（即茶油拌线面），俗称"床沿面"，意为夫妻和谐专一、绵绵长长。这线面，煮食简单方便，只要将线面投入烧开的水中，看着线面渐渐浮起，白色变成透明即捞起，倒入炖好的鸡肉汤、鸭肉汤或排骨汤中，添加些老酒、味精、葱花即可食用，柔韧滑润，香甜可口。

每当夜幕降临，劳作了一天的乡人们吃饱喝足之后，都会集中到一两户农家，谈天说地"讲古典"（家乡方言，意为讲故事）。农家厅堂，排着长椅矮凳，男女老幼陆续就座，主人泡上一杯热茶，主讲清清嗓子便朗声开讲。村中几位有文化、口才好的长辈，常常轮流开讲，各领风骚。儿时的我们，对他们简直是佩服得五体投地。这是乡邻们在那个物质匮乏、精神空虚的年代，开心的精神生活。偶尔，我们这些小屁孩们，听着听着支撑不住，居然当场入睡了，散场时，被大人们叫醒，又在迷迷糊糊中被父母或哥姐牵回了家。

若是夏夜，乡邻们便会集中到花桥之上，在月色蒙蒙、凉风习习、流水潺潺中听讲《隋唐演义》《三国演义》《西游记》《水浒传》《封神榜》等等，什么隋唐十八好汉、诸葛亮借东风、三打白骨精、一百零八将、纣王妲己、牛郎织女、孟姜女哭长城、狐狸猫换太子、包公铡陈世美、唐伯虎点秋香……曲折离奇、惊心动魄、温婉凄美的故事，我们听得如醉如痴、忘乎所以，仿佛穿越时空置身其中，而不忍曲终人散。有时，主讲人也会在听众的请求下，开讲《聊斋》之类的鬼故事，惊悚恐怖的故事情节，听得我们不敢独自摸黑回家。也曾在七夕之夜，好奇地跟在老太太身后，悄悄躲在葡萄架下想偷听牛郎织女都窃窃私语些什么，遗憾的是从来都没有听到过只言片语。

前些年，在花桥头村，为了修建宁古路，家

家户户几乎是无偿献出了部分田地。为了工业园区的发展,又支持政府征田征地,甚至祖先们的坟墓都无怨地迁出了园区规划范围。乡人们真的是淳朴善良,深明大义!

如今的花桥头,已然换了不少新面孔。年轻人大多融入了新城市,长辈们也渐渐老去。更偏远山村的村民,或为生计,或为儿孙上学搬来租住,成了花桥头的新居民。乡人们重情重义,从不排斥外村外姓人,婚丧喜庆都有了往来,俨然本家本族。

故里总有许多叙述不完的故事,抒发不尽的情怀。酸甜苦辣咸,有艰辛,也有温馨。那远去的村庄、流逝的故事、多情的花桥,伴随着岁月的斗转星移,酿成了一坛沉香的老酒,恒久弥珍,回味无穷……

天造古陆在此间

黄河清

26.8亿年前,茫茫大海中抬升起一块陆地,这就是现在的建宁。这块陆地逐渐向周边延展,形成了福建乃至华东地区最古老的地质体——闽北大陆。以建宁伊家乡天井坪为代表命名的上太古界天井坪组,为福建最古老的岩石层,是华夏古陆核心重要组成部分,建宁也就被称作"华夏古陆"。

怀着一颗寻幽心,念着一段思古情,我们欣然踏上这块亿万年的土地。汽车从县城出发,在悠扬的长笛音乐声中向天井坪进发。凭窗远眺,远山近树像全景大屏幕般一路展开。公路两旁,耸立着两排高大挺拔的杉树,在晨风的吹拂下,满树的叶子婆娑,尽情地舞动着一路葱茏的绿色。远处连绵起伏的山峦,带着花岗岩地貌特有的形状和颜色,不时地牵动着我们的视线,时不时能让你惊喜地看到,路边忽然窜出一只山鸡或白鹭展翅向林中飞去。经过一个小时的车程,我们来到天井坪的山脚,一袭山风从幽谷中吹荡过来,我触摸到了古陆的心跳,将我深深地诱惑。

站在山脚,首先映入眼帘的便是那郁郁葱葱的翠竹,根根笔直粗壮直冲云霄,顺着竹干朝上看去,只有一种高耸入云的感觉,抚摸着坚硬的竹节,心中有种莫名的感动。这些竹子立于这亿万年的土地中,孤独坚毅地生长着,不问世事几多,不问光阴几许,一年如一日地兀自生长着,它是孤傲的,也是刚毅的。

沿着竹林中一条窄窄的山路前行,阳光透过竹叶,筛子般洒下片片金光,让人有一种迷离恍惚之感。路两旁长满了茂密的绿色植物,不时还会看到几朵于万绿丛中冒出来的花朵,虽不知其名,但也分外好看。脚踩在小路上,感觉湿哒哒的,昨天刚下过的雨,让这条通往前方的幽径小道留下我们一串串的脚印,随着不同景色的出现,让我原本平静的心有了些许的激荡。

穿过竹林便是遮天蔽日的树木,满眼的绿色

遮盖了蔚蓝的天空，抬头看去，仿佛身处在绿色的海洋中。在这里，走每一步都会发现不同的风景，每个角度或者说每个方向，都会给你留下不同的感受。一路上有很多的蝴蝶，黄的、白的、黑色带花纹的，还有如枯叶一样的枯叶蝶。它们有的独自舞蹈着，有的两两盘绕着飞舞。还有不少的"金蜻蜓"，比我们往常看到的蜻蜓小许多。它们浑身除了翅膀的边缘都是黑色的，而翅膀边缘的蓝绿色仿佛带着荧光，在阳光的照射下，反射出耀眼的光芒，好像是一群森林中的蓝精灵。

这里的一切都是无法想象的清澈干净，有碧绿的树木、茂盛的植被、苍翠的毛竹，还有潺潺的流水、翩翩的彩蝶、缤纷的小花。有太多的风景让我的双眸无法抓住，但却牢牢地记录在了心里。那份美，天然的令人心动，一眼望去便再也不愿移开视线。我向来爱绿，爱那份自然的绿，它是可以将浮躁的心瞬间平静下来的魔力，它更是让人有种突破时间界限的活泼的力量，可以让烦躁的心生出平静，让平静的心生出活跃，让活跃的心如一股清泉般不急不缓地流出自己最美的状态，也许这就是华夏古陆才有的魅力吧。

走出树林，眼前豁然开朗，近处地势缓慢升高，形成平斜相间的梯状结构。在这些梯状平坡上，零零星星坐落着一幢幢的房子，有土木结构的，也有石木结构的，然而都已是人去楼空。随行的伊家乡党委黄国荣书记告诉我，这里就是天井坪自然村，最热闹的时候住着三百多人。我凝眸远望，连绵的群山蜿蜒曲折、无边无际，除几处高大的断崖陡石裸露，闪着玉白色亮光外，满山遍野，淡烟罩体，翠色如黛，一派静谧安详。早已停歇了刀耕牛犁，闭锁了鸡鸣狗吠，古村犹如处子般静卧于万古不灭的天地之间。瓦上的野花蓬草，墙上的青苔红藓，已将岁月的沧桑展露。

村旁有一口泉井，边上立着一块岩石，上书"天井"两字，井旁苔藓斑斑，井水清澈见底，水里茂密的水草随着泉水的喷吐微微漂浮。突然从水中传出深沉的久违了的石蛙的鸣叫声，这咕咕咕声在山间回荡，古村越发显得幽静。

沿着沙石坡路缓缓而上，来到一片凹凸不

均、五光十色的岩石区域。一块块大小不等的岩石，有的显暗红色，表面鼓着核桃大的黑色；有的质地柔滑，中间印有斑斓的条花；有的墨黑带红，细粒多孔；有的银白，显示出玻璃般的光泽；有的墨绿，表面粗糙。观察者因所在角度不同，会看到各种不同的颜色变化，异彩纷呈，让人叹为观止。传说，这块方圆几十亩的地方就是最早从海洋中隆起的地方。

据地质研究，闽北境域各地史时期之沉积建造、岩浆活动、变形变质特征及地壳构造运动特征表明，其地史演变基本上可划分为六个阶段：晚太古代—早元古代、中元古代—晚元古代早期、震旦纪—早古生代、晚古生代—早中生代、晚三叠世—白垩纪、新生代，地层结构发育完整，自下元古界至新生界共有十二个系、三十七个地层单元，包括变质岩、侵入岩、火山岩、沉积岩四大岩类。其中，最古老的岩石层就分布在建宁一带的晚太古代天井坪组。

站在这块神奇的区域，如同置身飞奔的时空穿梭机上，映入眼帘的是一幅波涛翻滚的茫茫大海的动感画面，刻入记忆的是地球亿万年翻天覆地的造化历程。在地球发展的漫漫岁月中，在距今26.8亿年前建宁发育了一套沉积岩，经过多次的地壳构造运动，侵入变质构成的地质体。这一套地层在建宁伊家乡的天井坪有最完整的出处，福建地质调查机构在深入研究变质岩岩石组合、原岩沉积建造及变质作用特征基础上，结合同位素年龄资料，将这一区域变质地层命名为天井坪组，并进一步划分为两个岩性段时代归属晚太古代。"天井坪组"在《中国岩石地层名称辞典库》中注释为："天井坪岩组……于1990年由福建区域地质调查大队命名。特征为中酸性—基性火山复理石建造的厚层黑云斜长（或二长）变粒岩夹斜长角闪岩及片岩、石英岩组合；下未见底，上未见顶……"

我有幸游览过建宁的金铙山，其也是泰宁世界地质公园五个组成部分之一。金铙山就是典型的花岗岩石蛋地貌。山上最险处就是沿着花岗岩石壁凿成的栈道。立于栈道，向上仰望，壁立万仞；俯视脚下，千尺深渊；远望绿林莽莽，奇石耸立；近观云雾蒸腾，流云绕崖。它的险和美，足以动人心魄。这就是华夏古陆展现给世人的险美奇观。

花岗岩地貌在高温潮湿的地方发育得好，而在寒冷干燥的地方，则发育得不完全，这也正是花岗岩地貌在南方比较多见，北方却很少看见的原因。一般来说，石蛋主要分布在山顶和缓坡上，山下较少，石蛋的形成皆与发育在白石顶山的巨大花岗岩体有密不可分的关系。由于花岗岩体内断裂发育，大块岩石会沿断裂面崩塌，经过经年岁月的磨蚀作用，形成了球状、浑圆状、柱状等各种形态的石蛋。大自然把石奇、洞深、水清、崖险的花岗岩地貌景观呈现给了人类。

建宁，这块历史久远的华夏古陆经历了几十亿年各阶段完整的地质变化，形成了多种多样的地质构造遗迹，呈现了丰富多彩、奇妙无比的地质景观，是一个研究火山爆发、地质沉积、复活隆起、岩石的次生变化、破碎情况、裂隙、孔洞和矿物结晶等构造学科的天然博物馆，是地质地貌科普、科研开发利用的巨大宝库。

独特的自然环境和生态系统造就了独特的农业耕作条件，生产了一批享誉国内外的优质农副产品，如建莲、黄花梨、猕猴桃、伊家稻、明笋干等，建宁也因此成了国家和省级商品粮基地县、全国南方重点林区县、国家级生态示范区、中国建莲之乡、中国黄花梨之乡、全国杂交水稻制种基地和全省烟叶生产基地等。

天井坪此刻是孤独的，它安静得只剩下风声水声，但它并不寂寞。于它的内心中，它是丰丰满满的。它有高山树木、岩石厚土、碧潭瀑布。它吸收天地日月之精华，四季更替，春去秋来。不论花开花落，还是云卷云舒，它都拥有不同的美丽繁华。不论海角天涯，还是沧海桑田，它都保持着自己独特魅力。不论春花秋月，还是斗转星移，它都沉淀着那份宁静优雅。二十多亿年是多么漫长，根本无法用纪年来计算，任你思绪纵横驰骋也探不到边、望不到尽头。诗人维吉尔写道："时间没有边界，伟大没有尽头，而生命都是有限的。"是的，以人生的不满百去度量造物的二十多亿年，是何等的荒诞和渺小。

山顶和下坡的接壤处，有一棵高大的楮树，树干粗壮，树皮绿莹莹的如翡翠，树冠密集呈伞盖状，枝臂坚实巨大、纵横交错、葳蕤生光。它虽然长期僻居深山老林，远离繁华尘世，看上去性情比较单调，有点壮士暮年、心静如水的感觉。由于古树久立幽谷，恪守深山，用自己顽强的生命护卫住山上的碎石泥土、嫩草鲜花，才使得天井坪绿荫覆盖、清泉长流。

古老的天井坪，当我准备转身离开你的时候，心中默念一句："此情若是长久时，又岂在朝朝暮暮。"天井坪，我对你情有独钟！

本色鲤鱼溪

魏爱花

到鲤鱼溪的时候,天气阴晴不定,瞬息万变。忽而是雨,豆大而稀疏的雨点,来得快,去得也急。忽而是晴,云朵由灰而白,渐而像调皮的孩子掀起衣衫,暴露出一大片湛蓝湛蓝的天空,柔媚中夹杂着雨后独有的清新,让你忍不住想要放飞,想要高歌,想要雀跃。于是,索性抛了雨伞,沿着鲤鱼溪畔古老的碎青石道悠然而下,感受着这难得一遇的观游。

鲤鱼溪位于周宁浦源村内,长里许,宽丈余。儿时的我,因着母亲回娘家走亲戚的缘故,曾在舅舅、舅妈的引领下畅游了好几回。印象中,鲤鱼溪溪水清澈见底,鱼儿活跃。群鲤时聚时散,青的、红的、花斑的,颜色各异,而以青色为多。大的十来斤重,性格沉稳,喜欢没入水底,岿然不动。青色的,常常与暗青的溪岩、水草融为一体,轻易不得见。红色或是花斑的,则像是点缀水底的红珊瑚,每每在被发现时,总能激起一阵欢呼。最活泼的当属小鲤鱼,或小指大,或拇指粗,成群结队,或优游于水面,或穿梭于农人、村姑、稚儿指间趾隙,争啄着菜叶,吸吮着肌肤,闻饼香而跃,见人影而聚,总在你伸长了五指成鹰爪状或是将手掌并拢成勺状,悄然自水底掏起时,一扭身,以极快的速度逃之夭夭,而后,回转身来,复在左右游窜往来,恋恋不舍,似与游人嬉戏,逗引得溪边笑声不绝。最吸引人的当属那些半大不小、颜色鲜艳的鲤鱼,忽左忽右,忽上忽下,此起彼伏,若隐若现,如村姑遗落水中的红绸,伴着透明的溪水,变换着姿势,漂移而下;又如隐没水中的飞天,轻扬着红袖,飘忽灵动,变化莫测,伴着流水叮叮咚咚的柔音,引得周围乡亲和游客静坐细观,流连忘返。

但真正令周宁鲤鱼溪扬名的,并非仅仅是这一溪活泼可爱的鲤鱼。

绵绵雨水,浸润着穿村而过的鲤鱼溪。溪面

上，每隔三五十步，便架设着一道木板桥，桥身大多为削割平整的巨木，大的单块木板就是一座桥；小的，两块木板合并，也是一座桥。因为岁月的缘故，有些桥面已不再整齐、不再结实，但架在略显弯曲的溪畔上，远远望去，颇有些江南水乡的韵味。

鲤鱼溪畔左右是连绵的木制老宅，小木门，半截子高的木柜台，嘎吱嘎吱响的木梯子，高大却并不敞亮的老式厅堂，低矮窄小的阁楼，黑灰的瓦，碎青石铺就的弯而狭的巷子，古老而宁静的村道，鸡鸣犬吠，与周围缥缈起伏的远山、青翠高耸的林木，连绵成一道古老的风景，宁静悠远。

走在静默的巷子，总能看到三两身着清末古装、裹着小脚的老人，或斜倚门框，或静坐在屋檐下，或执着地迈着细碎脚步蹒跚走动。在与她们悠然擦肩而过的瞬间，那扬起的青色衣角，伴着附近一声缓慢而绵长的木门独有的吱呀声，让我在怦然间产生一种错觉。那一刹那，我仿佛看到穿着和她们一样服饰的祖奶奶，微笑着，举着干瘪、粗糙而温暖的手掌，缓缓抚过我的面颊、长发，那种感觉是极其舒适的，像是沐浴着春日的阳光，让你想就此停住疲累的脚步。待你醒过来，那些仿佛已经很久远的故乡的亲切感已在不知不觉间侵入你的心底，让你的心填满大自然所特有的质朴与淡泊。这一刻，你的心是静的，就像此刻飘在半空中的雨丝，澄澈透明，来不得半点污浊。

或许，这才是鲤鱼溪的本色。

鲤鱼溪独特的魅力，不在于单纯的水、鱼或是房子，提到鲤鱼溪，不得不提到开辟了鲤鱼盛世的郑氏先祖。

鲤鱼溪的下游，是别具一格的郑氏祠堂。祠堂的外墙尖翘着，前窄后宽，形同古船。祠堂右前方，是一棵千年柳杉，树干中空而枝叶繁茂，似扬起的船帆。具有八百多年历史的祠堂里面供奉着郑氏历代祖先的牌位。每一个牌位都有着一个故事，而每一个故事里又套着许许多多古老的传说。最出名的，当属郑晋十公为护鱼而巧设计，鞭孙儿，杀鸡骇猴，以儆效尤的故事以及郑氏先祖为了保护鲤鱼而编纂的种种关于鲤鱼仙子的传说。传说是美丽的，美丽的不仅在于传说本身，更在于传说的目的和效果。它们伴随着溪里的上万条鲤鱼，伴随着溪边不断更迭的村民，代代相传，为这条奇特的鲤鱼溪增添了无数光彩，也为浦源村营造了人鱼和谐共处长达七八百年之久的神话与佳话。

这，正是鲤鱼溪的灵魂和精髓所在。

在那两株枝叶交缠、盘根错节的鸳鸯树下，世间独一无二的鱼冢，以其远远超越普通坟墓的庄严之容，至今依然在浦源人虔诚的祭奠仪式中见证着浦源村独有的护鱼、葬鱼风俗，从不间断。

这，不能不说是一个奇迹。

当所有关于鲤鱼的神话在科学面前被一一揭开的时候，这个人类赋予鲤鱼，乃至整个鱼类世界最崇高的礼遇，以及永不食鲤的承诺，依然在郑氏子孙对祖先遥远的缅怀中得以延续。

虽则如此，鲤鱼溪依然难逃劫难。

雨，继续着它的游戏，落落停停。不知是因

为雨水的缘故，还是因为别的什么原因，此刻的鲤鱼溪溪水并不清澈，却可以称得上浑浊。我不知道是什么玷污了鲤鱼溪八百年来不曾改变的曼妙容颜，但我知道，二十年来，鲤鱼溪的状况一直不容乐观。溪水浑了又清，清了又浑，昔日溪中洗菜的村姑们将盆子端进了家，亦无法挽回溪水的澄澈。失去了清澈溪流的鱼儿，在这条看似完全属于它们的溪里，争食着数之不尽的食物，肥了身子，失了活力。昔日拥挤的龙门桥下，再不见它们灵动的身姿。汛期里，岩缝纠缠的水草再也无力托住它们笨拙的身躯。在乡亲们温存的手掌心里，它们笨重地扑腾着身子，却再无法顽皮地返转、嬉戏。

鲤鱼溪沉寂了，沉寂的不仅是溪，是鱼，也是人。

溪边的人依旧很多，笑声朗朗。只是，笑声是远的，远在岸上，观望的笑，再也没有了往日的亲切。昔日与鱼肌肤相亲的乡亲停坐两岸，沉默在朝来夕往、熙熙攘攘的人流里，再也没有了往日拥鱼入怀的喜悦。在那一条浑黄难觅鱼踪的溪水边，我们所能感受的只剩下鱼冢前沉重的心跳以及郑氏宗祠无言的叹息。

回到鲤鱼溪公园大门的时候，雨停了，雨后青翠欲滴的草地上，黑褐色的地衣焕发着勃勃生机。我不知道，鲤鱼溪的未来将走向何种形式。也许有一天，随着人们环保措施的完善，溪水清澈了，鱼儿也能恢复了往日的生机。但没有了纯天然、毫无矫饰的村姑农人，这样的鲤鱼溪是否还算完美？而这一段人鱼和谐共处的欢乐记忆，是否成为一段风光的历史从此被镌刻在历史书上，成为无数神话中的一个，只能在后代子孙口中喋喋不休地重复？抑或是成为一个永远无法拂去的梦境，徜徉在周宁人的记忆里？就像此刻的我，在脑海中重复着儿时鲤鱼溪的美丽倩影，却只能在郑氏祖庙与鱼冢的佐证下，向网友描述着昔日梦幻般的鲤鱼溪：汩汩的清澈溪流、游窜在浣衣洗菜少女指间五花斑斓的鲤鱼，以及猝不及防时，鱼儿以尾击水面溅起的水花和那一阵阵飘荡在水面的清脆笑声……

三颗龙眼

陈巧珠

小时候关于台风的记忆,似乎总是关联着老家院子里的两棵龙眼树。这关联因起台风刮下龙眼,龙眼解了嘴馋,甜甜的记忆便从此滋生。

每到龙眼成熟季节,台风仿佛嗅到了味,思味情愫夹杂着贪婪欲望,积蓄一年远征的能量疯狂地爆发出来,从海洋深处出发,气势汹汹,兴风作浪,发出妖魔般的咆哮,扑向岸边。岸上的人家,知道台风的狂野,紧闭着大门,把所有的抗拒交给了岛中的大树。台风与大树阵阵相抗,这样的夜晚很不平静。有树叶飘落的沙沙声,有龙眼落地的突突声,有树枝折断的嘎嘎声,有树轰然倒下的轰鸣声……岛上的一切都在惊恐中度过。有家院、大人呵护的我,不懂得害怕,只惦记着院落中满地的龙眼。就这样,台风在童年时带给我的是龙眼撒落在后院屋顶的瓦片上,撒落在地上，撒落在我的睡梦里。

第二天一大早，我利索地穿上衣服，来不及洗漱就往后院赶去。当我小跑到龙眼树下时，发现兄弟姐妹们已经到了那里，忙得不亦乐乎。容不得我再跟他们说什么，地上龙眼散发的清香气息，已经让我口中生津。我顺手拾起一截树枝，迅速躬下身拨开落叶，去拾取那躲在落叶间还粘满泥沙的龙眼。龙眼这一跌，震裂了壳，甜汁渗出，香气袭人。我迫不及待地擦去壳上的泥沙，剥开壳，容不得闻一闻、瞧一瞧，便把厚实的果肉一抿入口，汲下甜汁，核与肉在舌尖的打转中慢慢地剥离开来。一颗，两颗，三颗……几分满足后，抬起头看着被台风重重摔过的龙眼树，才想起台风，想起爷爷。

我挑出最大的几颗捧在手中，要送给爷爷尝个鲜。可我才转过身，发现爷爷就站在院子后门，分明知道我是向他走去，而他的双眼却盯着龙眼树，一声声地叹息"啧啧……可惜呀可惜"，并不在意我手中的龙眼。

后院那两棵龙眼树是爷爷年轻时亲手种的。

他一生务农，种过许许多多庄稼与树木。庄稼吧，一茬茬地春播秋收，或许爷爷跟许多人一样，在乎的是能有多少的收获。树木吧，多在山野之中，餐风食露，长与不长是天地关心的事。而这两棵龙眼树就在院中，他日日浇灌，月月量围，年年比高，可以说是他看着龙眼树长大成荫。看开花，看结果，看蜂飞蝶舞，看萤光点缀，能不对这两棵龙眼树情有独钟吗？直到他老了，干不动农活，却依然习惯每天一大早就起床，在龙眼树下兜着转着，轻轻踩着脚下的落叶，伴随沙沙沙的声响，一圈两圈地走着，那种的悠然，仿佛是踩着音乐与树共享。一阵子后，他便收拾起地上的落叶培植在龙眼树头。干完了这些，他又抬头看看天空，看看龙眼树，有时还会静静地发呆几分钟。兄弟姐妹们谁也不知道他在想什么。如今我也像他当年一样站在龙眼树下，猜测当年爷爷的静思，一定是他年轻时候的记忆一闪一闪都回来了，一片片飘在空中，一叶叶悬挂于龙眼树上，最后飘落于院中，又被自己扫起培植在树头。

我也像他当年一样,伸手抚摸着树干,猜测他那开裂粗糙的手掌一定触痒了龙眼树,哪怕是轻轻地摩婆,也会有树叶在抖动,树一定也跟我一样感觉到那双手的粗粝。我以心语问树,树则有我爷爷喃喃的自语,凭丝丝风传,我真真切切地听到:"几十年了,树正年轻,家道也旺,日子似乎还很悠长……而我却老了。"

想到这儿,念及爷爷,他的确老了,且年老消瘦,但却精神矍铄,一身旧衣服洗得发白,穿戴整整齐齐,显得刚毅挺拔,偶尔依旧脾气勃发、话音洪亮,有一种不怒而威的震慑。只要他在场,就有了在龙眼树下嬉戏的安全感,但同时又有一种昂首看不到树冠的敬畏,不敢过于放肆。然而爷爷,如是威严的爷爷,居然被我的父亲训斥了一顿,也仅此一顿。

那时我还在上小学,一天放学回家,还没进家门就听到了父亲接近斥责的声音,而爷爷却像个做了错事的孩子低头不语。我的心头一惊,不知道发生了什么事,放慢了脚步,不敢进家门,就站在门外细听。紧张的气氛盖过往日的菜香,弥漫而出,我的屏气凝神,有一种台风即将到来的前奏,沙沙沙,娑娑娑……一场风暴来临的感觉。终于知道,原来爷爷趁人都不在家时,独自到后院爬上了龙眼树,想要修剪龙眼树的枝干,这一幕刚好被回到家的父亲看到。父亲越说越生气。"您已七十多岁了,还爬树,万一摔下来怎么办?"说着说着,他便操起一把斧子冲向后院,要砍了龙眼树。爷爷这下着急了,拦住父亲,势如树立,也厉声喝起:"你敢,就先砍这儿!"他拍着胸脯,但很快缓和下来,轻声地说:"我保证以后不再爬上龙眼树,不行吗?"在门外的我也着急了,来不及放下书包,哭着拦住了父亲,这时候父亲才总算放下了斧头。我知道这事平息了,便到后院看看龙眼树,树在爷爷的修剪下显得更加整洁、更加精神。

梅雨时节,龙眼树在雨露的滋润下,枝头开满了米黄色的小花,花香引来嗡嗡嗡的蜜蜂,花瓣飘落后小小的果实从中冒尖而出。相关龙眼树的花期物语,我看着听着,从树叶间照射下来的光束,从那些上下翻飞、星星点点的浮光里,辨认时间的行程，听着蜂儿蜜语，在那些毗邻的花蕊间搬家，辨听时间的流动，一天一天在等待龙眼成熟中度过。

中秋节前后，黄褐色的龙眼挂满了枝头，采摘龙眼成了家里兄弟姐妹们最高兴的事。大人们爬上高高的龙眼树，小孩在树下捡着从树上掉落的龙眼，爷爷则坐在箩筐边将龙眼多余的小枝叶剪去，用红绳子捆成一小捆，整齐地码放在箩筐内。我总是趴在箩筐沿上，低着头，一个接着一个，剥开龙眼，喂满自己的口福。果汁甜蜜永不变味，吐出的一粒粒黑色的核，透着亮泽，那是爷爷的微笑，是父母的脸上绽放的喜悦，还是我们的欢悦？是，全是。这吐出来的不只是一粒核，而是粒粒饱满的家中平安咒、欢乐颂。一籽一字，粒粒成词，一粒一珠，珠珠成串，是挂在龙眼树上、挂在全家人胸前的念珠。

爷爷一天一天老去，当他连走路都需要家人搀扶时，每天只能似睡非睡地倚靠在竹椅上，但他依旧喜欢把竹椅搬到龙眼树下，在那里半天一天地半躺着，一根拐杖斜在旁边。家里养的那只老猫每天都陪着他，温顺着趴在地板上晒着太阳，它与爷爷一样，总是眯着双眼。猫陪着他，他陪着龙眼树，树又陪着他们，真道不清谁是这幅图的主角。

村里的人对猫有着别样的理解，那不是对它活时的习性，而是对死去猫的安顿。村里人会把死去的猫装在蛇皮袋里，吊在树上，渐渐风干，直至消失。这个习俗，我感到害怕。每每看到树上的蛇皮袋总是躲得远远地，可看到爷爷，看到老猫，最担心这猫死后，爷爷会把它挂在龙眼树上。

那年深秋，龙眼刚采摘完不久，还没来得及过八十大寿，爷爷就走了，走得很安详。也许是当时的我不知道死意味着什么，也不懂得生离死别之痛，我只当是爷爷暂时离开了我们。家中长辈交代，要守夜，不能让猫亲近他。我便去寻找那只猫的踪影，发现它就趴在龙眼树上，不吃也不叫，爷爷发丧了，它也消失了。家里一下子少了两老，大家都有些失落。我一次次地到后院龙眼树下，学着猫叫，想找回它，可再也找不回了。

爷爷走了，猫也不回了，那幅图的主角就只有龙眼树了。奇怪的是，爷爷走后第一年，老屋后院那两棵龙眼树不开花结果了。家里的大伯、父亲嘀咕着，村里的人看着我家院中的龙眼树也都在咬耳朵，似乎说的是爷爷带走了他心爱的龙眼树。我想怎么会这样，难道树与猫一样，都有灵性，都与爷爷息息相关？我真不敢相信这个说法的真实性，可事实就是这样。我对老屋后院的小天地更添了好奇与向往，偶尔站在龙眼树下，让目光透过树叶的缝隙，看到湛蓝而广阔的天空，以及遥不可及的远方，再回到院子，看到自己短短的身影。

我的身影离龙眼树越来越远，对她的念想却越来越长，她的树根仿佛就长到我的脚下，可他乡的土地长不出家里龙眼的味儿。每每龙眼成熟，我总会打电话询问家中龙眼树的情形。那一年，龙眼树又开花了，虽然说两棵龙眼树此时已分家，一棵为大伯家的，一棵是我家的，但一样共同开花。虽然花开得不多，但毕竟期待归程，我自然高兴。可就在那年花期时来了台风，撒落满地的花，到结果时，一树仅结下三颗特大龙眼。母亲让我和弟、妹一人一颗吃了这三颗龙眼。母亲说，明年我们家龙眼树一定又会长很多龙眼了。这不可让人置信的龙眼树，就这样真真切切演绎着她的故事。我把这故事珍藏，仿佛有着天机不可泄漏的神秘。

第二年秋天，母亲打电话来，高兴地说那龙眼树又长果实了。当我回到家乡的老屋时，果然看到树上挂满了龙眼，曾经龙眼树下的场景再次出现，树下的声音世界再次让我迷醉。我听到微风拂过树叶间，发出沙沙的声响，鸟叫虫鸣，蚂蚁排着长队悄无声息忙忙碌碌地搬运着食物，这些被我忽视的声音与场景又一次回来。

大伯家与我家都盖了新房，搬了新家，但老家依然收拾得干干净净，两棵龙眼树依然打理得生机勃勃。爷爷去世多年，但爷爷说的"树正年轻"依旧让我记起。我数了数，这树的确年轻，充其量也只有五六十岁，跟父亲的年龄差不多，父亲依旧是家里的顶梁柱，还有使不完劲，何况这龙眼树，更何况自己。

想到这些，我长了精神，尽管日子磕磕碰碰，自己常常受伤，有如院中的龙眼树，台风来了也总是落叶折枝、损花丢果，可一样坚强挺拔着，默默地接受着一切。日子的苦涩，那只是家里龙眼的皮，可以剥开，可以扔了，而那鲜嫩的果实、甜蜜的果汁，永远会甜在舌尖，甜在心房。家里的龙眼树又开花结籽了，此时结下的该是别样的三颗。

随感二则

许陈颖

相信

自小受家父严训：言必信，行必果。

也以为，世界本当如此。

大学时代，一次演出彩排，从早上开始，时间紧迫，大家疲倦不堪。中午，节目的总负责孙老师说："一个小时吃饭，然后集合。"食堂很远，来不及吃完，我放下碗筷，匆匆赶到小礼堂门口，气喘吁吁。准点。可是，化妆室连开门人都没到。只有孙老师一人，倚在门边，抽着烟，很疲倦。他看了下手表，点头，招呼我过去。

在约定的时间里，一个大块头，一个小身板，两个人，坐在小礼堂的门口，天蓝地阔，静默无语。几天后，孙老师向系里提出招我为弟子。众哗然。

才华横溢的孙老师，因为爱情，从中央乐团回到地方。他弟子的席位一票难求，关系不能移，金钱不能动。

于我而言，小礼堂门口那一幕，几十年，不曾忘记，也是奇怪。

或许，人与人之间的信任，语言并不可靠？

后来，参加工作，轻口一说的人，渐渐多了，我的较真，就成了笑话。

于是，在越来越多的事件中，我明白了：事有轻重，更有意外；人有主次，还有位置；饭桌上的话只是为了热闹气氛；承诺只是左耳进，右耳出；一切的一切，变化才是王道……

被现实蜕了几次皮，决定尝试改变。但看到改变后的我，很难过！

儿时之树，根深叶茂，于是放弃撼动，只是，不失落自己的同时，不再责求别人。毕竟，世界那么大，我那么小。

我相信着自己的相信，也相信会有更好的遇见。

总有些心息相通的人，在这个浮华的世界

里，物以类聚，坚定彼此生命的底线并温暖着每一次前行的脚步。

恐惧

小时候，随父母住在沙江。打开门，或从窗眺望，海，就在眼前，一览无遗。小小的我对它的了解是：小海浪温柔地舔吐着边上的哨台，宽阔而平静。

可是，台风踏浪而来。刹那，天地骤变，惊涛骇浪，怒卷云端，毫不含糊地用最大的力量炸向哨台，一次又一次，哨台承受着巨大的摧毁，别无选择……小小的我，独自面对着窗外咆哮着、泥黄翻滚的海洋，惊惶失措……

风平浪静后，爸爸喜欢下海游泳，我就拼命喊他回来，他总是大笑，然后与我挥挥手，又扎到了海里。我哭泣着，四处奔跑着，希望有人帮忙喊爸爸回来。大人们一直都拿这事笑话我，可是，谁也不知道，那么小的我，已经把恐惧种进了心里。很长一段时间，我都在克服这种恐惧。坐船，一旦驶离码头，墨绿色的海水开始晃动，内心的不踏实感随即带来了儿时的恐惧。我也曾经企图与它对抗,读着普希金笔下的海,试着用那些美好的文字来麻醉自己,开释内心,尝试各种方法,但,无果。

努力的徒劳无功常常令人绝望。世上很多事情是不能选择对抗的,比如,面对悲伤,面对恐惧。低头前进,默默承受,在生命的常态中,看到内在的弹性,在疼痛中渐次撑开……

我很少有机会坐船去海上航行,也不知道自己与海达成了和解没有。可是,启航时,我也必须上船,即使恐惧一路相伴。

风信子的花语

彭小妮

有一种叫风信子的花,我原以为它是一种类似蒲公英的花。今天,我才知道关于风信子的传说。美少年海辛瑟斯是希腊神话中的植物神,他因被误伤而失去了生命。在他鲜血染红的土地上开出一朵美丽的花,这花就是风信子。它的花茎上长着一串串小铃铛似的花朵,风吹过时,每一朵花都显出飞翔的姿态。海辛瑟斯的生命没有消逝,风信子是他的化身,他还在为这个世界呈现着美,风信子是他怒放的生命之花!所以,人们赋予风信子的花语为:"只要点燃生命之火,便可同享丰盛人生。"它是生命生生不息的象征。

人有时真的很脆弱,一次意外,一次灾难,就可能会让我们失去生命。我们不能如海辛瑟斯那样将生命化成风信子,所以,我们必须珍爱生命。在这爱的世界,不会遗弃每一个人,只要一息尚存，就有希望重燃生命之火。在地震后的废墟中，人们在寻找，在呼唤生命重归，在为遭受苦难的生命祈祷：坚持，坚持，永不放弃生的希望。是啊，这有情人间，是值得你万分留恋的，让你保留着生命微弱的火种，直到寻找到你。多少人还在等待着将更多的爱给你，要在更长久的日子里与你同享生的快乐。在苦难之后重生的生命，必然如风信子一般，获得永生。所以，经受苦难而重生的同胞，也一定更懂得感恩，感谢在废墟中将你高高举起的双手，感谢每一个为你祈福的心愿，感谢从四面八方为你汇聚的爱和援助。

我们也看到了那些用自己的身躯护卫着幼小生命的伟大母亲。看呐，这里没有悲痛，没有泪水，娇小的乳儿还在安睡，在梦中微笑。在母亲离去的地方，长着一株绿色的风信子，它告诉我们，生命在此延续，无须多言，人间大爱也将无限延续，给予活着的你我更多的慰藉、温暖、勇气和力量。

许许多多的生命去了没有灾难的天堂，得到

了永远的安息；也有许许多多的生命在黑暗中艰难地守望相助，获得了重生。我们相信，灾难过后，风信子会开满这里！

愿生命如花，愿风信子的花语永远传递：珍惜生命，同享人生。

茶　语

何焱红

小时候对茶没有特别的概念，只是为了解渴。那时候住在东门街的小巷子里。夏天的午后，一群孩子在梧桐树下疯玩着，有时候玩扑克，输一局便罚喝茶，输的人就端起大茶杯猛灌，最后大家捧着肚子，不停地往厕所跑。还有的时候玩得忘记了时间，大人们催着拿书包上学，才回厨房猛喝几口。那种痛快，便是童年中茶的记忆，是一种无形的依赖和纯真。

成年后，遇见生命中不期而遇的那个人，便与茶结下了不解之缘。是他让我爱上茶的味道。那时，他所在的城市，是个连空气都飘着茶香的古城。夕阳下在石巷古厝的光影中，我们面对面盘坐着，煮一壶清茶，聊一段身边的茶事。那是一段与茶共舞的时光。有他的日子里，我们用时间煮茶，煮出了甜甜涩涩的相思。

记忆中那段日子是清苦而又美好的。因为有他,也因为日子里有茶。回不去的时光里,我们有着席地而坐的随意和温暖。一盏茶,一盘檀香,氤氲缭绕的是彼此满腹经纶的诗情。然而岁月给予的不只是温柔,离别时一声刺耳的长鸣,撕裂了最后一丝温柔。五百米长长的站台,一个人倒退着挥手,告别在记忆断层的列车里。我蜷缩在车厢的角落,望着窗外的旧景闪了又灭,过往支离破碎的片段闪烁叠加着。此时,临铺的旅人递来一杯热热的茶,袅袅地腾着热气。"姑娘,喝杯茶吧,一切都会好的。"接过茶杯,我的眼眶溢满了热泪。人情冷暖的尘世,没了那份爱,却依然有着残存的温暖,就似手中的这杯清茶。时间冷却了温度,我能想到的便是茶叶沸腾后沉淀在杯底的坦然。想来,人生便是一路告别,一路遇见,告别了他,却遇见了茶。

缘分的奇妙就似茶与水的相遇。有些人注定要从生命中相遇着离开,注定是无法挽留的忧伤。我们终究逃不过漫漫长夜的独语,抹不去烙在心上长长久久的印痕,更多的只是一盏孤灯、一杯清茶的时光。闻着茶香,丝丝入肺,是茶的气息,带我回到开始的地方。火焙过的茶芯,散发出的香味,曾经我以为那就是满满的爱的味道。落寞钻进了骨髓,恨不得一饮而尽的孤独,以为那便是可以抓住的风雨相随。

不承想,多年以后,有些人、有些事渐渐随风而走,留下的是忘不掉的气息和弥漫的茶香。那段时间,我疯了一样迷恋茶的味道,那段我想留却留不住的情分,其实仅仅只是茶的气息而已。一片茶叶的旅程已全然诉尽,我饮尽的只是茶的淡漠,后来才明白,相遇是新沏的茶。散了,便没了温度,留在舌间的苦涩,久久化不开。再续上,虽是热的,饮尽的却是满腹冷清。

其实一杯好茶与缘分一样,是经得起时间的等待和烹煮的。好茶需要一个懂茶的人在慢慢煮着,用心灵,用历久弥新的火候静静地煲,静静地品……

就似这个深秋的雨夜,我更喜欢一个人守在窗前,聆听雨滴轻轻敲着窗棂声声,时缓时急,雨点声声,撞击着内心最柔软的记忆。还和多年前一样，在下雨的夜里，一个人煲一壶夜茶，清冷中带着一缕惬意。随手打开一包"木茗绿"，取一撮新采的茶叶，静静地等待水的沸腾，看着针尖般的茶芯在沸水中浮浮沉沉，犹如这么多年兜兜转转的灵魂，一个一直在路上行走的灵魂。它翻滚着，矗立在水面下，这茶针大概是遇到了适合的温度，也愿意停留。甘醇的茶香弥漫到屋里的每一个角落。雨声潺潺，静默无声的小屋，茶香氤氲，温煨了整个雨夜，曾经那个连空气都飘着茶香的古城，城里的故事和那些走远的人，依然丰盈动人，只是人已走远，我心淡泊而宁静。

我一口一口地抿着，经过三两次冲泡，浮浮沉沉的针尖慢慢沉入了杯底，沉默成了唯一的表情，茶水温软得就似此刻的心跳。仿佛水都煮不开的浓情化在了这一盏清澈的茶汤里，水是沸腾的，茶是软的，心是静的。

这雨夜不停歇，茶的缘就这样一直续……

禾 溪

金丹丹

深山最深处的溪水和别的地方没有两样，不一样的是这里的颜色。

外来的车辆总是停在风雨廊桥的顶端，一下车，你就能看见挂在桥廊外的灯笼，红得有些抢眼睛。那样的故意挂给外乡人看的红，好像是小孩子在纸上画红花，带着幼稚的华丽想象，长大自休，你多看两眼就能原谅其单纯的虚荣。真正使人流连的，是本地人家自生自长的颜色。

红布在廊桥头的保生宫黑门楣上挂着，是给本地神明的装扮衣裳，是日常祈愿还愿的礼节。日头晒了红布，鸟雀栖了门楣，连鼠蚁都和保生大帝有亲戚，在泥塑像之后老鼠娶了亲，蚂蚁立了国，红布和红门联都一直那样红彤彤地闪着。不是乡下的颜料好，是乡人伺候神、仰赖神的心，殷勤一年一换，毫不懈怠。

风雨桥上的神龛里，本地名气很大的杨、柳、倪三位娘娘身上也一样凤冠霞帔的金碧辉煌着。桥里的光线不好，四壁都是木板，加上木桥不宜有火，所以乡人没有依照惯常礼俗给娘娘点上香烛。娘娘就穿着金珠大礼服在灰蒙蒙的壁柜里端正坐着，好像是新嫁娘坐洞房，有新作人家的俨然自美，因为知道自己是五彩斑斓、明光四射的，所以更加要害羞沉默。这锦衣神明一坐不知多少年，就把桥给坐旧了。

桥旧成黑色，顶上的藻井都看不出描花色彩了。只有天风雨水一年年给顶瓦画眉上黛，灰黑到最后，到有点灰蒙蒙地白起来。野树正好结着野果，把黄黄红红的籽捧到桥边来照水，把绿绿软软的枝条伸到桥窗户边来挠廊桥的耳朵郭郭。廊桥不理她，小树苗苗，你还嫩着呢。

桥的颜色，黑的灰的，是有志气人家的自织衣裳色；红的彩的，是神灵许给小村农夫农妇的佑护拳拳之心。只有桥下流水，白花花水养天青色苔，哗啦啦声洗山的耳朵，洗雨的朝暮，地主的家财万贯或懒汉的穷酸之气都洗不去，坟头灶头的悲歌欢歌哭也洗不了。他只管洗树根、洗桥脚、洗顽石、洗作田人的锄头、洗娃娃的尿布。他负责以青白色的无情映照人世的痴情,以决绝奔赴的姿态启发聚族而居的山民:必有比黑红更冷的青白,必有比禾溪更远的溪,必有比廊桥更大的神,必有比故土更值得遥望的人心。

是的,神穿着彩衣住在桥上,而桥边就是人居住的厅堂,是有年头的明清大宅。当年从外面的花花世界挣了银子千山万水地回来盖三进四进的房子,准备世世代代住下去的。不到一百年,这一代的人已经奔赴外面更好更繁华的世界去了。只有我们,千里迢迢跑来看空荡荡的旧房子,雕梁雕柱的厨栏里养着隔壁家老太太准备给儿媳妇坐月子的大胖母鸡。中午的大太阳从破掉的瓦顶照进来,有点像中世纪教堂顶上的穹顶,神与光一起自很高很远的另一个世界降落下来。

而这里没有神,光里只有尘埃,降落到一群老母鸡和四壁的土墙上。同行的老师对闽东历史有研究,他教我看土墙,说乡下的土墙有特别的妙处。一层层夯出来的土,会呼吸,细小的孔洞里不仅吐纳气息，还吸收光线。午时暴烈的阳光把不知哪年哪月的烫金喜联晒得耀眼刺目，土墙却依旧有温柔敦厚的光感。好像是亚光处理过，他说。

是的，阳光负责处理照料禾溪的鸡舍土墙，负责擦亮所有阳光之下兴旺发达盖起的土墙，也负责照顾地里的稻谷和栏下的鸡鸭；负责送那些去外面世界的娃娃们出门，也负责在某个黄昏用夕阳做符号使人们思念空荡荡的山村；负责为洞房花烛夜的新人喜联增色，也负责在此后用几年的时间漂白同一幅上下联。山乡的颜色都交给日头来催苗、酝酿，最后还交给日头来收割、遗忘。

在更广阔的千山万溪的每一个拐弯，日头都照得见溪边每一座古老的桥，照得见桥边每一户的人家，照得见每一户人家筑土墙、起新厝，照得见每一户人家搬离旧屋，照得见他们在城里的每一套新房，照得见他们生下的城里娃娃，照得见这些城里娃娃长大，照得见他们在某一个周末、某一个清晨，驱车走了某一条山长水远之路，回到了溪山深处。

照见他们泊车廊桥前空地，喃喃惊叹，好古老的桥！有个娇媳妇大声喊："老公，我要在这个红灯笼底下拍照！"而有个娃娃怯怯地在保生宫前探头探脑："爸爸，这里黑黢黢，有没有老鼠？"

琵琶语

徐华丽

在一位朋友的博客里,第一次听到《琵琶语》时我的心猛地顿了一下,然后就突然那么黯然神伤了起来。《一个陌生女人的来信》这部电影,如果没有一首《琵琶语》,我想必将无味得很。茨威格的小说倒是值得一看再看,他把一个女子一生的爱恋描绘得淋漓尽致,尽管这种美好的痴情一辈子几乎都珍藏在心中,可一旦倾诉出来,还是迅速淹没了滚滚红尘中那很多世俗的、快餐似的爱情。

在一个人安静待着的时候,我经常地喜欢听听《琵琶语》,如同品味一场旷世绝恋。在我心中为这首曲子命名的人真的是一个音乐奇才,我不仅喜欢曲子那悠扬、哀婉的调子,更为曲子那意境无穷的名字着迷。一如在众多的乐器中,我总是那样深爱琵琶,虽然这么多年对于琵琶我学得断断续续，弹得总是凌乱，难以成曲，但我喜欢琵琶在手的那种感觉，她总是让我突然间气定神闲了下来。也许琵琶是最理解女人的一种乐器，她总是以她那独特的方式解读出女人或幽怨，或优雅的情致。

张爱玲说："因为懂得，所以慈悲。"张爱玲对胡兰成是一往情深的，因为懂得自己的深情，虽然胡兰成终究还是辜负了她的一片深情，可是她对胡到最后都是慈悲满怀。世人都为张的痴情感到不值，可她一句"我爱你，但与你无关"，诉尽了自己的无怨无悔。

张爱玲也好，那陌生的女子也罢，在一份可以穿越时空的爱恋之中，她们都是那朵可以低到尘埃里的花朵。曾经读不懂的张爱玲，在读过《一个陌生女人的来信之后》突然间亲切了起来。以一双冷眼看世界的张，在她冷眼的背后蕴藏了一颗真诚的心。行板如歌，她永远是真切而令人动容的女子。

我想当陌生女子从一束白玫瑰的暗香中，款款走来，倾诉着自己一世深情、一世眷恋的时候，她爱了一生的男人，那位浪荡不羁的男人，今生怕再也潇洒不起了吧？一个深爱自己一生的女子，一个把自己装在心中装了一辈子的女子，一个在自己心中永远陌生却从不因为自己的放纵和薄情而有哪怕一丝怨尤的女子。这是一份怎样情真意切的爱情啊！可是在记忆中，所剩下的仅仅是一束一年一度生日时到达的白玫瑰。而现在呢？这一丝的印记就这么突然消失了。也只有在这样的时刻，他才悚然一惊："仿佛觉得有一扇看不见的门突然被打开了，阴冷的穿堂风从另外一个世界吹进了他寂静的房间。他感觉到死亡，感觉到不朽的爱情，百感千愁一时涌上了他的心头。他隐约想起了那个看不见的女人，她漂浮不定，然而热烈奔放，犹如远方传来的一阵乐声。"

也许在今后没有白玫瑰相伴的生日里，一个陌生的痴情女子，一阵远方传来的乐声，在那位男人的心中将历久弥深、历久弥笃、淡静而味长。如若真是这样，那位陌生的女子是否今生就可了无遗憾了呢？

《诗经》中那"死生契阔，与子相悦。执子

之手，与子偕老"的爱情理想没有因为执着而实现，一世的执着，换来的却是一世苍凉。我想那位陌生的女子是寂寞的，张爱玲也是寂寞的。听一曲《琵琶语》，读一首《琵琶行》，我想不如就当那位沦落天涯的琵琶女吧，至少遇见了白居易，此生得一知己，一生便也了无遗憾。

凉风有兴

邱 灵

印象里,执扇多是一件风雅的事儿。举凡"羽扇纶巾,谈笑间,樯橹灰飞烟灭"的潇洒倜傥,"银烛秋光冷画屏,轻罗小扇扑流萤"的清冷幽媚,"人生若只如初见,何事秋风悲画扇"的百转愁肠,还是京戏《贵妃醉酒》中杨玉环手腕腾挪间,那柄泥金手绘折扇流露出的万种风情,无不洋溢着绝代风华之美、诗意盎然之境。当然,"制扇王国",美又何止于阳春白雪。尤记"鞋儿破,帽儿破"的济公老儿摇着一把烂蒲扇招摇过市,《西游记》中能扑灭火焰山的巨型芭蕉扇,这些"下里巴人"的经典角色,则演绎着另一番的世态人情,温热地熨帖着人心之处,受百姓青睐。

老家福安,地处闽地东北,群山环抱,盆地地貌使得福安的夏日较毗邻县市更为闷热。在物资贫乏的过去，扇子是消暑纳凉的必备。而福安当地就自产自销着一种油扇，因制作的作坊集中在城关北向的官埔街道，故以"官埔油扇"冠名。

官埔油扇，显然不入袅娜娉婷的画风。一段竹节当扇把，天然雕饰，简单直接。扇把不与扇面平行，而是呈三十度的弧角。常见，在大而圆的扇面上，简约勾勒着一些花鸟，或题写几个雅言，"无上清凉""莲叶田田""愚眼看世界"等等，古拙清淡，像僧人字画的风格。如果说每一样东西都有一个性向，那官埔油扇，必须是爷呀。朴实无华，孔武有力，风力绝不是一般纸扇可以同日而语的。相传，制作油扇的手艺，最初由宫廷传出，可想工艺的别致细腻、精益求精，之后流入民间，工序无多变化，样式上则趋于简朴，大抵减省了那些精雕细画，也更适于平民生活的日常需要。

从前，福安家家户户随处可见一把官埔油扇：它是饭桌上的碗盖，灶火边的"吹风机"，拎袋时不勒手的托柄，聊天拉呱时的把玩，放学时接孙儿的一杆"旗帜"……记忆中,油扇还是爷爷的随身装备。平日里,他别在身后的裤腰带里,冷不丁,变戏法似的从背后抽出,摇将起来……上大学后,爷爷总会赶在我返校前夕,大老远地去买光饼、炒米、祭灶糖等一些土产分给同学。烈焰八月,他就顶着这把大油扇来遮阳,偶尔落雨,油扇也能拨开雨帘救救急。

也还记得那时候,大院宿舍一楼走道的尽头直抵奶奶家门口。暑假的午后,奶奶、堂哥与我常窝在门外的竹床上,等待着穿堂风轻轻拂过。没风的时候,奶奶就摇起大油扇,给我们扇风驱蚊,而我总要嫌弃,觉得油扇有一股怪味道,不美还不好握着。奶奶笑着说:"傻,这油扇不知道多好用,不容易坏,风还很大。"我不服气地翻出家中的一柄檀香扇,趾高气扬。"这多——香啊!看,还可以这样。"我灵活地收展着小扇,抚着扇托下的穗子,真是觉着不能更美了。岂料,好物不坚牢,这柄精美的小扇,在一次我与发小扮演的武侠对决中不幸夭亡,此后无踪。奶奶依旧身不离那把大油扇,尽管它也被我和堂哥糟蹋得伤痕累累，但终归没能报废。次年，奶奶居然还在扇面上养起了蚕宝宝，我纳闷了很久，之后才惊喜地发现，扇面上那些破损之处，已悉数被蚕丝遮盖，这招"蚕丝补洞"，真是太奇妙了！殊不知，这与官埔油扇中的上品——蚕丝扇的制作手法异曲同工。桑蚕吐丝结网，待镂空的扇骨被蚕丝完全覆盖时，蚕丝扇便做成了。原来，奶奶是借用了蚕丝扇的工艺来修补呀。其实这个传统手艺，在当时也是广为流传的。蚕丝色泽偏黄，与油扇的底色相当，可究竟是质地有别，说不上美观，却很"别开生面"。就这样，一把油扇修修补补能沿用几代人，只是后来人们渐渐没有耐心观摩一场"生命接力"，也渐渐忘了"蚕丝补洞"这件事。

过往，油扇成为福安传统婚俗中必不可少的礼品。在当地，迎亲娶媳头一年，男方需"送礼"：备好黄瓜鱼等礼品，装入红布袋和"红礼担"送给女方亲眷。到端午节之际，女方回礼，娘家也送"红礼担"给婆家，这油扇，就是其间必备了。油扇依规格，还需备上大、中、小等，寄托着一家老小数代同堂的美好寓意。时迁俗异，现在传承这一风俗的人也是越来越少了。当时只道是寻常的一把官埔油扇，如今也难逃"宿命"。2008年12月，官埔油扇被列入了宁德市非物质文化遗产名录。近年，有青年小愚专程拍摄了纪录片《最后的油扇》，该片一度蹿红网络，可也仅是昙花一现，油扇销路依旧不乐观。传统手艺慢工细活、薄利辛劳，后人多不愿参与。在当下，要以一颗现实之心，去挑战一场旷日持久的返璞之程，甚而孑然一身、踽踽独行，这着实是一场考验，更是一世修行。

如今，官埔街道上只剩下两家作坊，唯一让人聊以慰藉的是，他们都是"夫妻作坊"。其实在过去，制作油扇也多是由男女搭配完成。通常而言，男匠操取料、开竹、做扇骨，女匠则谋裱褙、画扇画、上油等细活。制作油扇的工艺十分烦琐，据当地老艺人介绍，它涉及三十多道大大小小的工序，大致分为取料、做扇骨、裱褙、画扇画、上油等。头一步——取料，需取厚薄相宜、大小适中、竹节较疏的细竹，手艺人会事先留出竹节部位的一段作为扇把。尔后,根据扇子的大小,将扇把以上的竹管均匀劈成八片,再开成五十多条细竹丝,即为"开丝"。扇面越大,竹丝就得开得越多,像孔雀开屏,以撑托扇面。继而"剥白留青"——剥去竹丝的篾白留下篾青。接着做"扇肩",在扇把上方的竹节两边开出一个小孔,待晾干晾透以后,穿上一条稍微粗一些的篾条做扇肩,其长度大约是扇子周长的一半。然后用细绳分上、中、下三层依次将竹丝连缀起来,固定在扇肩两端,绷紧使扇肩弯成弓形,整个扇面与扇柄形成三十度扇弧,这正是官埔油扇的独到之处,扇出的风力可比普通纸扇高出两三成。上油是最后一道工序,讲究桐油刷面,桐油较一般化工轻油自然原生、柔韧性好,上过油后的扇面更加油亮光泽,且坚韧不易破裂。

今年秋分后的一个上午,我寻访了制作官埔油扇的作坊。走进一家门前垂挂许多油扇的作坊,一眼便认出了正在干活的手艺人——《最后的油扇》中聚焦的那位。她叫郭菊英,自二十岁嫁入官埔后，以油扇营生，如今已有四十多个年头了。一年中，除了春节，郭菊英空闲时候几乎都在做油扇，她一天要花上十几个小时，一把油扇从骨架到成型，大概要花两周时间。

这个早上，郭菊英独做裱褙。但见其将油印好了的绵纸平铺在木桌板上，用棕毛刷从瓮中取适量的糨糊（地瓜粉调制），均匀地刷在绵纸上，后将两片剪成半弧形的纱布贴于绵纸边，以此加厚加固扇托。裱褙制成，需要正反面都贴上绵纸，仅这一道工序，需等上半日，遇上阴雨天，晾晒的工夫就不知要被耽误多久了。一个人，一把靠背椅，一张工作台，一坐一上午。郭菊英说，这活儿走动不了，人都坐胖了。这么累，再做两年，明年不做了。言毕紧接着又干起活来。听到"不做了"，我的心一下落空，但即刻又升起一丝希望，隐约记得早年她就说过同样的话。

那天我从郭菊英那儿买了两把油扇回来，端详一番，发现它确实"高攀不起"那些有着名家流派刺绣或是绘制的珍品宝扇。它随意勾勒的图样、并不光滑的扇面、毫无修饰的扇把，在那些更高级别的"非遗"鉴定专家看来,或许还有那么多的不完美。可这就是它的本色,就像一个勤劳务实的乡人,坚韧粗犷,难登大雅,却骨子里透着那股朴实质重、率真直爽的性情。

手作,就一定会有遗憾,但也正因了这些遗憾,成就了每把扇子的独一无二,官埔油扇是巧于应对这些遗憾的。恰如"蚕丝补洞",一场深埋缱绻、不舍缠绕,这何尝不是对缺憾的尊重,对生命无常的接纳,还有,对生活中诸般不美好的温柔以待。

官埔油扇一扇,凉风劲爽,空气中尽是老福安的熟悉味道。

母亲的影子

吴 江

为何叨念起母亲，感伤无数？因为对我而言，话题既沉重又陌生。母亲用她的生命，换来当时我这一辈家里唯一的男丁。出生之日，我与母亲匆匆一见，便阴阳两隔，再见遥遥无期，空留母亲的影子相伴相随。

虽然"母亲"二字，在我的心里封存了近一个甲子，却最是情长。有生以来，唯一叫过"娘"，是在儿时因右手臂脱臼复位不彻底，再由农村土医生重新拉直复位的一声惨叫，在旁边帮忙的父亲也流下了辛酸的泪水。这是人的本能，也是我的深情呼唤。

每当踏上穆阳这片土地，有机会，我总要到穆阳街头的彭厝里和下逢村走走，感觉仿佛有母亲儿时的影子在那里徘徊。或许因为不会再有别处，可以找到寻觅母亲的方向，可以释放我对母亲深深的歉疚。每每这时，思念与自责交织在心头，挥之不去。

距离穆阳镇区五千米，有一个环境优美的小山村——下逢。村前有一条溪，滋润着这一片土地，也造就了这一方水土的人杰地灵。我的母亲许顺娇就出生于此。

许氏先祖来自河南高阳郡，开基始祖为江一公。母亲的爷爷雨三公，是一个老实勤劳的农民，靠母亲的太祖父做生意小有所成，在村里置有田地并出租，生活比较富足，但雨三公仍然保持勤劳本色。有一年春节，大家都在家玩，他却扛着锄头下地干活。有人问他："过年了，大家都在家休息，你为什么还去干活？"他说："平常粗茶淡饭，还要下地干活。今天，不但有白米饭吃，还有鱼肉配，更应该下地干活。"

我的外祖父许玉章，曾读过几年私塾，虽然读书不多，但文章书法俱佳。我儿时站过的木站桶，至今仍在我家保存，而在这站桶的脚柱上，见过他行云流水、端正飘逸的笔迹。苏堤宰南店，应该是穆阳方圆几十里享有盛誉的杂货店，儿时，常常在父亲茶余饭后的追忆中提及。外祖父年少时即到宰南店当学徒，靠勤学苦练、处事精干，得到老板赏识，逐步提任至账房先生，亦积累了一定的从商经验。

从小对棺材充满畏惧。儿时的记忆里，凡是家有老人的，都必备寿棺，一般存放房子的楼上阁楼；穆阳码头至前街的路边，常停有未出殡的棺材。从这些地方经过，通常是快速逃离。夜晚，绝不敢独自一人穿过这一片区域。也许是看到经销棺材的高额利润，外祖父与张成生合股在穆阳街头开了一间棺材铺，经过多年匠心运营，渐达小康。

母亲十岁左右，随父母搬到穆阳街头的彭厝里，先期租房，后期购房。儿时的我，时常沿着穆阳巷头往街头的溪边路，去外婆家小住。彭厝里，位于狮子岩下的山坳里，右侧的鹅卵石路可通往狮子岩，也可往白云山方向的小山村。母亲在这里度过了无忧无虑的少女时代。我无法了解母亲在下逢村和彭厝里的生活细节，大概门前的鹅卵石路，曾经轻拂过母亲的身影；彭厝里后厅墙边外婆种植的紫茉莉花在风中频频向我招手，或许是母亲曾经侍候过的原因。从舅舅许永松的回忆中，从母亲在省立福安师范读书时的同学加闺蜜陈韵红阿姨的回忆录中，我粗略推算出母亲求学的时间，估计是1938年母亲到穆阳小学读一年级，1944年考入设在穆阳的省立福安师范读书。

舅舅和韵红阿姨都说母亲年轻时是一位漂亮的姑娘，在穆阳街头被人叫作"半年笑"。从留存下来、极少的几张照片上，依稀可见母亲年轻时的模样，应该属于相貌端庄娟秀型。

如果说人生之路，每个人都有可能，在某一个转角，遇到一生的挚爱。那么机缘巧合，爷爷吴伯唐在20世纪40年代由苏堤五显宫附近的下磨碓搬到彭厝里，由此爷爷和外祖父两家成为邻居，父亲与母亲在彭厝里相遇相识相恋，即由偶然变为必然。之前，爷爷在赛岐创立荣坤货栈，与李松康等合股成立利宁轮船公司，爷爷任供销长。其旗下的"同安"号、"建安"号两艘轮船，每艘吨位两百多吨，运输航线北达上海，南至福州、厦门，随之爷爷的经销业绩达到顶峰。1937年，这两艘轮船因七七事变而停航。1938年，爷爷倾其所有置办货物运往温州销售，在苍南的镇霞关又遭土匪抢劫，财物抢尽，外衣亦剥，背且伤，空手回家。本已殷实的爷爷家财毁于日寇及土匪，自此家道中落，事业陷入低谷。父亲吴梧山虽然读过八年私塾半年小学、福安师范乙种简易班读书一年，时任穆阳小学教师，但由于两家家境的反差，父母的婚事，遭到外公外婆的强烈反对。前不久，我专程到福安看望年已八十八的韵红阿姨。据韵红阿姨介绍，为了阻止他们恋爱，外祖父甚至派人护送母亲上下学。她说："他们的恋爱是一出戏，一个曲折的故事。有一次，父亲专门制作了木制驳壳枪，外面涂上黑漆，吓唬跟踪的人。"

母亲从福安师范初师毕业时，被分配到周宁的一所小学任教，由波弟舅公护送前往。母亲在周宁工作期间，父亲和母亲时有书信往来。后来，他们到福安拍了合照，结婚。婚后，爷爷家搬到穆阳巷头居住，母亲自此在家相夫教子，养儿育女，先后生了五女一男。大姐姐名字为吴江红，大约生于1946年，五岁时因生麻疹夭折。1950年在柘荣工作的大叔叔吴志山得悉大姐姐去世，曾赋诗一首："家书驰报江红夭，寸心碎断悲难言。为甚无辜殇黄口，彼苍应是悔刁刁。"因此缘由，我家大姐才叫亚红。

母亲的性格，有义无反顾的一面，从父母爱情故事的曲折中，可窥见其情之深，更有温柔善良的一面。从大叔叔、舅舅、韵红阿姨、大表姐黄丽英、大表哥黄国生及姐姐们的回忆中，经由一个个生活截面、一个个故事情节，我得以了解那被时光淹没的种种局部。他们或者沉静朴实，或者鲜活饱满，或者真情实感，都闪耀着母亲的生命之光。大叔叔的忆嫂诗："少小同堂互笑娱，为念事业走他乡。逆风偏左回家日，细雨慰藉话短长。曾记羁留王厝下，果饵遗别泪成渠。尚望有期再聚道，无端永诀断人肠。""庸医杀人甚矣哉，悼念亡嫂恨转加。沉静寡言操妇道，勤劳淑慧众人夸。天其有道胡不吊，地若无私应莫斜。可怜阿兄弦中断，望中都化断肠花。"舅舅说：

"姐姐品德善良,在吴家默默做女人,做该做的事,从不管其他闲事。她是一个忠实、贤惠的女人。"韵红阿姨告诉我:"你妈妈是一个漂亮善良的人,在福安师范读书时,和大家相处得很好,因此,我常常和白梅、翠梅到你外公家玩,并蹭饭吃。"大表姐、大表哥时常说:"舅舅对外甥好,属正常,但难得的是舅母对我们好。"小时候邻居阿姨常讲:"你妈妈少言寡语,默默承担着抚育女儿和料理家务的重担。"大姐、二姐回忆儿时说:"彼时,父亲担任完小校长,承担着养家糊口的重任,工作非常认真负责,基本上在外面忙于教学和校务,因此,家务事全靠母亲操劳,包括到穆阳溪挑水。从穆阳码头到巷头家里,有一段长长的台阶和鹅卵石路,瘦弱的母亲挑水都要歇上几回。后来,为了减轻家里的经济负担,20世纪50年代中期,母亲曾到穆阳幼儿园短期任幼儿教师。"二姐说:"我当时上的是设在穆阳红厝的幼儿园,而母亲却在穆阳小学对面、位于闽东才女曹英庄先生家的穆阳幼儿园任教。后来为了接送方便,母亲便把我转到她任教的班级。每天，学生放学了，母亲都会一一护送安置好学生，才带着寄放在曹先生家的我回家。由此也从侧面看出母亲是一个认真负责的人。"

当年外公合伙人张成生是同善社头子并逃跑，虽然外公未加入同善社，但受其牵连，被捕入狱，狱中生病释放回家后不久即去世，家财全部没收，彭厝里的房子充公做畜牧场，只余后厅两小间一厨房。我不知道母亲当年的忧愁和悲伤，但我深知外公家中的变故，给母亲留下了阴影。此时，母亲也进入了人生的艰难岁月，这一边是嗷嗷待哺的姐姐们以及日渐老去的公婆，另一边是尚无生活来源的娘家母亲和弟弟。但母亲以她的坚强韧性，以一个曾经小康之家的富家女子，用她柔弱的肩膀和父亲扛起照顾外婆兼管舅舅的责任。直到舅舅分配霞浦任小学教师时，她还时常写信嘱咐舅舅及时将生活费寄给生活困难的外婆。

外祖父家历来人丁单薄，外公及其父辈，均为一男一女，至母亲这一辈，虽然有母亲、姨姨及舅舅三人，但姨姨许静娇亦死于天花，故也是一男一女。然而，命运常常捉弄人，外公家的香火，也是岌岌可危。1958年，原本在穆阳过溪任苏坂小学校长的父亲，鬼使神差，被调到离穆阳有二十千米、走路需要三至四小时路程的咸福小学当校长，导致母亲分娩时无法就近照顾。之前，父亲在穆阳小学任教或在苏坂小学当校长，母亲的每一次生育，父亲都在家里，知道请什么医生接生，因而母女都很平安。而此次叫来接生的，却是新手，待医生赶到家里抢救，已是回天乏力，母亲只知道生了一个男孩，然后人家把我抱到她面前，母亲只来得及微笑地看了我一眼，就带着万分不舍告别了人世。待父亲得到消息，赶回穆阳时，已是天人永隔，这成了父亲永远抹不去的伤痛。人们常说天地有大美，人间有真爱。父亲对母亲的爱，深远绵长。据说，处理完母亲的丧事，父亲回到咸福小学，夜晚悲痛难抑，常常失声痛哭。村里的长者劝父亲说："弟呀弟，莫要悲伤，只当是一根竹子，换一棵笋吧！"父亲一辈子没有再婚，是因为养育我们姐弟五人的担子太沉重，更是因为父亲爱母亲爱得太深沉。舅舅回忆说:"那一年,我在霞浦松山小学参加县教育会议,接到姐夫寄来一封烧去一角的信,急忙拆信方知姐姐不幸去世,感觉天塌下来了,自此许家这一辈只余一个男丁。"

母亲孝敬公婆,有口皆碑。据大姐说,每天清晨,听到厨房灶间爷爷生火的动静,母亲即起床,推开房门,和爷爷一起准备一家人的早餐。母亲的不幸去世,让爷爷再也听不到早晨房门开门的声音;灶台灶间,再无母亲忙碌的身影。对于风烛残年的爷爷、奶奶来说,这一打击是毁灭性的,不到两年时间,爷爷奶奶就相继离开了人世。

时至今日,当我提笔写这篇文章时,常常感到笔重千斤,常常为无力把父亲从丧妻失爱一生的痛苦中解脱出来而自责。儿时,遇到我的生日,父亲常常交代姐姐给我煮两个鸡蛋,自己却躲到里屋暗自神伤。这一切,带给我们姐弟的,更是无尽的悲思。失去母爱,是我们永远的痛。儿时的我,非常羡慕有母亲的人。记得有一年,同住在穆阳巷头老房子的莲娇表嫂(她的婆婆是我父亲的亲表姐），精心纳鞋底做了一双布鞋给我过年。我心里就想，这布鞋若是母亲做的，该有多好！从中可以感到儿时的我，多么渴望得到母爱。

感谢党的十一届三中全会，大叔叔、舅舅的历史问题、成分问题终于得到平反解决，我们姐弟五个均先后参加工作，家里的日子一天天好起来，而"子欲养而亲不待"，却是我们心里一道永远难以愈合的伤痕。如今，纵有千言万语，也道不尽母亲的恩情，也诉不完对母亲的思念！唯有把母亲做人做事的好家风一直延续传承下去，也许，这便是最好的报答！

缺憾的长度

钟成才

缺憾,有长度吗?

缺憾的长度是多长呢?普通人家会有这样的经历,某个要紧处要用一寸长的钉子,你搜索家中积累的五金杂件,什么螺丝、图钉、垫片一大堆,好不容易清出一枚钉子,一试,钉子太长;又探雷似的犁一遍过去,看中一枚,比一比,短了;再次地毯式的搜查,在笔筒或书架等平常比较冷清、丧失关照的地方勘查出几十枚钉子,结果无一适宜。备用的钉子不算少,合用的就一枚。可是,这一枚就那么难找。在这种情况下如果问题不太大,只好取长就短,凑合着用。但是,一时找不到钳子,只得用钢锯代劳,然而不巧,中途又断了锯条,让你一筹莫展。坚硬的五毫米,够短了,足以让你伤透脑筋。

一杆秤,秤锤与重物处于平衡状态的时候,

如果秤锤移动五毫米，那么矛盾便立即激化，不可调和。平衡是一种美，缺憾便是短短的五毫米，那么一点点而已。

一点点，接近于忽略不计，用来表示少之又少。五毫米微不足道，但足以造成莫大的悲剧。缺憾似乎是一种意外，不，应当属于必然。小时候看电影《桥》，桥上的工程师伸手去捉从绳子爬上来快到桥面的勇士，但就差那一点，五毫米吧，桥上的与桥下爬升的都付出了最后的努力，可恨手臂太短了。就五毫米，幽明两分的距离有时就这么短，成了无法克服的障碍。也是一部描写战争的电影，一个电话兵要连接被炮火炸断的电线，在万分危急关头，他要利用自己的身体当导线，努力伸展手臂，但就差五毫米。五毫米几可误了一场战争的决胜。也许删除缺憾，也就死了震撼。或许人世间越大的缺憾长度越短。在夜晚，漫步于原野花径，皓月悬空，云丝飘拂，离得很远，很美丽，如果靠得近探看冷宫，遂发现它不过是清寂寒虚止境而已。日间的太阳更远，更美丽，但是，除了夸父逐日，没有谁渴望舍命造访，好让自己靠近它，立刻化作灰烬。极致，有时更接近于虚无缥缈，算不得缺憾，充其量是多情的幻想。能被人感知、动人心魄的大凡是寻常的事物。在艺术方面，缺憾便是常客，长度便是一毫，看得见，摸不着，即所谓添一毫嫌多，减一毫嫌少。一毫，成了美丑的分界，表面上薄如蝉翼，实质上厚似泥墙，所谓失之毫厘、谬之千里。这个看似透明的长度，可以促使古今中外的艺术家呕心沥血为之奋斗终生，也可以引诱科学家废寝忘食、迷茫不醒。

《庄子》里记载朱先生学屠龙，历三年，艺成，而无龙可屠。朱先生跟学的三年大概没见过龙这种动物吧，所谓艺成必是纸上谈兵。但真实的是，我早年去垂钓，钓具不良，钓技不精，经常发生线断钩折的事，只能望鱼兴叹。后来，钓具良好，钓技精进，可是时过境迁，旧梦难圆，河流湖泊或污染或干涸，没有鱼可钓了，不快之意如鲠在喉。这种缺憾，在色界是一派浅浅的迷蒙，在内心是一层郁郁的失落。人类有可能借助科技在星际旅行，却一定难以利用科技来描述和纠正感觉上存在的似有若无的长度。这是缺憾萦怀不化的魅力所在。

缺憾使荆轲赌命功亏一篑，使楚霸王在乌江边留下千古叹息，使孔明六出祁山落魄丢魂。如此才有历代英雄气短，泪流满襟的遗恨。缺憾使梁山伯与祝英台同窗三年而无切肤之亲，使宝玉与黛玉生死相许而姻缘不致，使牛郎与织女遥空相对而遗恨终天。如此才有情人咫尺成为天涯，永不聚头的感伤。

这便是缺憾。缺憾何止同床异梦，何止长堤溃于蚁穴？缺憾是一首声韵低回的挽歌吗？是一篇激情亢奋的祝词吗？抑或是如影随形驱之不散的幽灵？

大概，宇宙诞生之时，缺憾也随之降临。没有缺憾，就不存在比较，也无所谓完美。缺憾不讲情面，不可抗拒地存在。面对缺憾，哭不顶用，笑一笑或许能感受缺憾之凄美。从这个意义上说，一个人一生中体味到的缺憾越多，就越接近于领悟到完美，心性就越澄明，慧根就越稳固。历史上，孔子不为所用而授徒三千，孙膑中奸计而有兵书，司马迁受酷刑而作巨著，李白命途多舛而溢诗情万丈，苏轼仕途不进而开一代宗风，叹惋唏嘘披盖百代，不能说与缺憾毫无关系。这么说来，缺憾并不可怕，她本来就是断臂维纳斯，是未竟的艺术品，是完美的前兆。要相信天无绝人之境，叶吐而燕子归来，花尽而硕果满枝，阴尽预示阳生之必然性。怎见得？南朝吴均《赠王桂阳》："松生数寸时，遂为草所没。未见笼云心，谁知负霜骨。"此即滴水映汪洋之态，星火具燎原之势。一种感叹，一种豪气，前景光明。缺憾是探路者，莫非是庄周化蝶的敲门砖？

野草之歌

唐 戈

一

拔不净，割不死，牛羊啃不完，野火烧不尽，这就是南国的野草。少年时代的情感里，除了饥饿，最讨厌的似乎就要数野草了。与所有的山里农民一样，年轻力壮的父亲一年中约有一半时间和辛劳是花费在与野草你来我往、难分难解的缠斗之中，且总是处于下风。少年的我，也时常牵涉其中，但是我的加入，并未能改变战场胜负的走向。

冬之妆还未褪尽，苍老斑驳的蓝色穹顶下尽显萧瑟枯黄，野草的根却嗅到了数百千米外太平洋上的春向北回归线趋近的潮湿气息，迫不及待醒过来，舒腿伸腰，挺起尖尖的脑袋向地面刺探，不知不觉就冒出芽尖儿。去年冬季已经死去的老一辈迟迟不肯谢幕，顽固地留下残躯僵体为儿孙抵挡寒潮飘忽不定的回马枪。一丝春阳，几缕春雨，就能诱惑着草芽儿疯狂向天拔节，钻出父辈们躯体的荫庇，忽隐忽现地招摇在风中，像一面侵略者的旗帜，透过顶尖上的颗颗露珠向大地发出无数征服世界的宣言。

劳累了一年，春眠贪睡不觉晓，还未完全解乏的农人从春困中醒来，举目四野，早已是绿影迷蒙——野草又一次占领了战场的先机。老父亲的黧黑的眉宇皱成田野上的纵横阡陌，重重一叹，吐出一冬郁结于胸的浊气，有如种子外壳开裂声响："唉，如果庄稼也像野草一样，不用耕种，不用管理，都能疯长，那该多好。"父亲抖落披在肩上的旧棉衣，振作精神，翻出收藏一冬的农具，筹划与野草的新一轮琐屑而漫长的消耗战。

二

山里的初春和草芽儿一样柔弱娇嫩，虽然发出了温暖宣言，竖起了新生大纛，梅李桃杏和迎春花儿也把春来的信息报给千家万户，但春细胳膊嫩腿，远未形成对冬寒残余一扫而光的舆论与气力，霜雪、冰碴等冬的余党还蛰伏在枯草叶下、冻土层里，恋恋不肯离去。此时还不适合于播种，但春日苦短，这一年之计的开端，岂容得丝毫挥霍！农人便利用这个春光做播种的前期准备工作。

去年的太阳，暖暖地照着今年的田野，敌人依旧，战场如昨，心情也几乎是前年去年的沿袭翻版，除了身体的衰老如渠里的水，不舍昼夜。

父亲掩藏起身上的疲惫与衰老，他不能让家人、让野草窥见他的衰退，以输了决战前的气势。他提着脞刀雄赳赳地走向他的舞台，突入他的战场——水田，摆出决一死战的架势。脞刀，一种弧形刀口、含腰弓背的长柄劈草专用大刀，在此时父亲的手里，如关公的青龙偃月刀。山区的梯田，田小脞高，宿草与新草交织缠绵、狼狈为奸，将纤瘦骨感的田脞、高耸的脞壁遮捂得严严实实。父亲吐一口唾沫在掌心，双手交互搓均，握紧脞刀，高高举起，如戟举蓝天，向着太阳宣誓，塍刀划过白云，掠过太阳，挟一股疾风落下。噗的一声，田塍边翻卷起一块薄薄草皮应声跌入田里，搅起几波春水，如山西厨师制作刀削面一样，铁片削起片片薄面青蛙跳水般飞入锅中。

春种、夏养、秋收、冬储，新的一年、新的一茬劳作在父亲手中塍刀剖开春风的仪式中宣告开始。父亲挥舞塍刀，如赵子龙在长坂坡百万曹军阵中那样进退自如、所向披靡，塍刀起起落落，旧草新芽溃不成军，纷纷败入田里。这是一场系统的战役，田水与稀泥是父亲的同盟，一起痛打落水草；父亲挥刀奋勇杀敌，泥与水掩埋敌尸，细菌收拾战场，将敌人分解成今年庄稼的肥料，滋养庄稼生长。父亲跟着塍刀的影子向前移动，身后的梯田，如蓬头垢面的流浪汉理发沐浴更衣后出镜，从头到脚焕然一新。可是，不能得意，不能懈怠，稍事休息，补充给养，等待野草们卷土重来时，来来来，咱们再战三百回合！

周末跟父亲一起出工。虽然田塍草也在我面前纷纷落败，但我一点也没有挥舞青龙偃月刀在千军万马中取敌首级的那种快感，也没有因草们以身相许为我将来的庄稼提供肥料而心怀感激。我不情愿地挥舞塍刀时愤愤地想：讨厌的野草，你无端长这么多、这么茂盛干吗？如果这世上没有草，该是多好呀。野草，就是上天派来惩罚农民的吗？有时梦中还在与草相互撕扯，手推脚蹬哇哇乱叫，吵着父亲被摇醒过来。有几次还梦见自己陷在草丛里，无数的水草像章鱼的手，又像蛇的尾巴，挥舞着逼近，将我围困在中间，缠绕着我的腿盘旋而上，捆住了我的手，勒住我脖子，让我窒息……

做田塍是个技术活，用锄头削去田塍表面草皮，再用锄头在上面封一层新泥，新泥用的是田里的稀泥，没有一定的技术与训练，"烂泥"是"扶不上墙的"。又是一个周末，父亲做田塍，我拔田里的草。手累了，心也倦了，手头的活儿就糙了，胡乱地扯去草叶。田里的水浑了又清了，父亲看着依然婀娜摇曳在水里的草茎说，这不是玩游戏，斩草要除根啊。我说，这么多草，怎么拔得完？父亲说，就是拔不完才要拔，我的爷爷是这样拔，父亲这样拔，我这样拔，草再多，也不能让它吃了庄稼。父亲看着我，摇头叹息，怕拔草就认真读书。父亲是用艰苦的劳动作为教育手段，以促进我上学？此前的我，一直视课堂为畏途，而喜欢跟那些早已辍学的伙伴在山上田里疯玩，或者逃课到村后山上打野果、采蘑菇。

三

那就认真读书吧。可是，即使回到学校，也绕不开这讨厌的野草。"野火烧不尽，春风吹又生。""没有花香，没有树高，我是一棵无人知道的小草。"散文、诗词、歌曲对于野草的赞美可谓连篇累牍。读之，感觉有如除草一样的劳累；赞美之，如野和尚念经有口无心。我在心里想，这些作者是没有吃过野草的苦吧。

不久，耕田开始。不久前，我和父亲花费数天时间打理一新的田里，又冒出了许多蛇一般摇曳的身姿，如群魔乱舞。水牛拖动犁铧翻起的一道道泥土，将野草压在身下，溺毙在水里。可是不久，泥下旧草未腐，泥上新草又生。父亲又得出工，挥舞着锄头，将露出水面而被晒硬的泥土连同野草削到水里浸泡，以待第二遍犁田。而我则全力对付这个老冤家，快手将角角落落犁铧未及之处的水草薅去，扔在田塍上，让阳光将其暴晒而枯，或团草成团，恶狠狠地塞入"地骨"之中，隔绝空气将其窒息，重重地踩上几脚，诅咒它永无翻身之日。不几日，新的野草又探出头来，向我发出挑战般的嘲笑。我气馁，我对草的诅咒是多苍白无力啊。

初夏时节，父亲精心哺育呵护的秧苗还弱不禁风，插秧前收拾得干干净净的稻田里、田塍上，野草们又恬不知耻地呼啦啦地冒了出来，借着夏天潮湿的空气、热烈的阳光疯狂成长，大有与庄稼一决高下的态势。这时要开始薅田了。所谓薅田，就是顶着炎炎夏日，弯腰弓背如熟虾，用手或铁耙将禾田里的大小各色野草薅去，不让它们与庄稼争抢养分，然后施上肥料。这又是一次以草为敌人的大决战。"锄禾日当午，汗滴禾下土"，该是怎样的一种辛苦，若没有经历，恐怕很难有深刻体会。这都是野草带来的众多麻烦中的一环。

联产承包，分田到户，当在自家的地里种庄稼不再是长"资本主义尾巴"时，农村一时间"四海无闲田"，父亲如许多乡亲们一样，舍不得将每一寸领土让给野草侵吞，在田塍上种植黄豆或美容豆，统称为"田塍豆"。第一遍薅田结束，接着就要给田塍豆施肥了。春来新做的田塍，此时早已面目全非，远看只见青草，不见豆苗。始知"草盛豆苗稀"并非陶渊明先生偷懒。江南的夏草，在阳光雨水的滋养下，长得实在是让人目瞪口呆，诗人柔弱的双手难敌野草的三头六臂，在与日日夜夜无休无止疯狂生长的野草的搏杀中败下阵来，举手投降了。用锄头薄薄削去田塍上、里、外三方向野草，还要避免把豆苗除去，抓一把肥料压在豆苗根上，取一团田里的烂泥将肥料盖严。田塍上，再一次面貌焕然一新。在这一轮的博弈中，我们暂时取胜。对，暂时的，我们等待野草的疯狂反扑，卷草重来。

在田塍上与野草绞杀在一块时，父亲的其他领地又告危急，或已沦陷。番薯埕上，草已漫过藤蔓；蔬菜园里，菜苗已经沦陷。于是就有了第二茬薅田、除番薯草……在江南，不管是什么庄稼活，似乎都离不开与野草做艰苦卓绝的持久斗争。参与干活时，我便一遍又一遍在心里咒骂该死的野草，并奢望它们能滚多远就滚多远！

四

长大以后，离开农村，到小城求学，青春的校园没有野草，只有梦想、激情与莫名。毕业后虽然又回到农村，但离开了农活，眼里只有课本、学生，以及青春期无边无际又无法言说的忧愁，在我的生活中，野草似乎已不复存在，因此，也无所谓爱与恨。回首向来萧瑟处，归去，也无风雨也无晴。

中年之后到小城工作，周末公园里如地毯般的草皮媚媚地注视着我，柔柔地抚摸着我的脚跟臀背后脑勺，承载着女儿无拘无束的跌打摔磕。久违的野草突然以美丽可爱的形象回归我的生活，躺在如茵绿草甸上，想起了少年时在田野里纠缠不休的野草，想起当时必欲置其于死地的仇恨，我忍不住地笑了，我轻松自如地与我的宿敌和解了。我将脸贴着草皮，感觉她们温柔的抚摸，"相逢一笑泯恩仇"。

老来清闲，也如野草身韵散漫，喜欢到处走走，竟然特别喜欢绿草如茵的草原，从县内的仙山草场，到县外的白溪草场、鸳鸯草场、崳山岛草海，这么多的野草还看不够，不惜千里迢迢奔赴呼伦贝尔，去领略天苍苍、野茫茫的草原风光，如迁徙赶场的非洲角马，如逐水草而居的游牧部落。躺在锦缎般的草皮上，头枕双手，看山坡上绿草里的白羊越攀越高，融进蓝天上白云之中，飘过天际。我的思维也跟着白羊白云，去追逐天涯边的另一片水草。在白溪草场，一个老人吆喝着一群水牛从我身边走过，我说老伯，这里到处是草，你还要把它们赶到哪儿去？老人说，今年春旱，这儿向阳，土壤干燥，草长得慢，那边的草更茂盛。是的，这儿的草，只适合游人躺着晒太阳，而牛羊，追求的是草的叶肥茎茂，无休无止……